CORINTHA MACIEL

Histórias
que contam sobre nós

Mitos e Arquétipos
da Natureza Humana

IDÉIAS & LETRAS

DIRETOR EDITORIAL:
Marcelo C. Araújo

EDITORES:
Avelino Grassi
Márcio F. dos Anjos

COORDENAÇÃO EDITORIAL:
Ana Lúcia de Castro Leite

COPIDESQUE:
Antonio Bicarato

REVISÃO:
Bruna Marzullo
Leila C. Dinis Fernandes
Lígia M. Leite de Assis

DIAGRAMAÇÃO:
Juliano de Sousa Cervelin

CAPA:
Junior Santos

IDÉIAS & LETRAS

Editora Idéias & Letras
Rua Pe. Claro Monteiro, 342 – Centro
12570-000 Aparecida-SP
Tel. (12) 3104-2000 – Fax (12) 3104-2036
Televendas: 0800 16 00 04
vendas@ideiaseletras.com.br
http//www.ideiaseletras.com.br

Dados Internacionais de Catalogação na Publicação (CIP)
(Câmara Brasileira do Livro, SP, Brasil)

Maciel, Corintha
Histórias que contam sobre nós: mitos e arquétipos da natureza humana / Corintha Maciel. – Aparecida, SP: Idéias & Letras, 2008.

ISBN 978-85-7698-010-0

1. Alma humana 2. Arquétipo (Psicologia) 3. Contos – Aspectos psicológicos 4. Mitos I. Título.

08-04719 CDD-150.1954

Índices para catálogo sistemático:

1. Mitos e arquétipos: Psicologia junguiana
150.1954

A cada dia me convenço mais
do poder curativo das histórias.
Des-fiar os fios do tecido velho,
e com eles tecer a nova história,
é a tarefa e o desfio de todos nós.

Sob as arcadas das velhas torres,
ouço tua alma cantante, bravia,
querendo ser adivinhada;
no mais-que-profundo
no mais-que-profano
no mais que sagrado.

*

Ao cliente a quem eu conheço, que me conhece,
e que escreveu comigo todas as histórias,
a oferenda do trabalho terminado.

Aos autores que me conduziram pela mão
e que me emprestaram suas palavras
para preencher minhas lacunas,
a reverência desta contínua aprendiz.

Histórias de de-primeiro

(Ou: "Divagações")

"De primeiro, eu fazia e mexia,
e pensar não pensava...
Mas, agora (...) me inventei
nesse gosto de especular idéia..."
(Guimarães Rosa, "Grande Sertão: Veredas")

A IDÉIA DE REFLETIR sobre o roteiro das histórias que contaram sobre nós, e das quais nos tornamos intérpretes à nossa revelia, vem insinuando-se com persistência nos meus devaneios, e, como Riobaldo, no seu Grande Sertão, *me inventei nesse gosto de especular idéia* a respeito dessas histórias que são contadas através das gerações, reconhecendo a força de cada uma delas como determinante de conduta.

Tendo como profissão ser a guardiã de histórias de muitas vidas, comecei a identificar, inicialmente nos ditos populares: "Filho de peixe é peixinho", "Ruim com ele, pior sem ele", "Homem não chora", "Mais vale um pássaro na mão...", uma poderosa teia que, entrelaçada a tantas outras, tecidas pela consciência coletiva, vai formatando sutilmente nosso caráter, tornando-nos pessoas bem-educadas e conformadas com o que nos é exigido pelo sistema.

E assim, atados pelos preconceitos, juízos de valor e outros interditos, vamos carregando nas costas o peso das escolioses, tendo dores lombares, o pescoço aprisionado em torniquetes – torcicolos –, ou distorções invisíveis que adulteram a essência da alma.

Este livro será o documentário dessa especulação, mas, antes de me meter nesta empreitada, acho necessário refletir sobre o poder desse gênero narrativo que se chama história.

Em que consiste uma história?

O termo nos remete de imediato à infância com seus contos de fadas.

Um conto de fadas é aquela história fantástica que as avós contam aos netos, falando naturalmente em reis, dragões, princesas, príncipes e sapos, e à medida que elas vão contando, naquela linguagem mágica e coloquial, a história vai produzindo um encantamento, adquirindo densidade, incorporando e instalando-se debaixo da pele de cada ouvinte. A bem da verdade, são contos de bruxas, de ogros ambiciosos ou madrastas malvadas, mas este aspecto perverso exerce tanto fascínio quanto as fadas madrinhas e sementes mágicas.

Clarissa Pinkola Estés é a *cantadera* que trouxe um novo olhar para velhas histórias. É ela quem nos diz que todas as vezes que ouvimos um conto de fadas parece anoitecer. "Não importa o lugar, a época, a estação do ano, a narração de histórias faz com que um céu estrelado e uma lua branca surjam das sombras e pairem sobre as cabeças dos ouvintes..."[1]

---

[1] *Histórias Sagradas*, Org. Charles e Anne Simpkinson. Editora Rocco, RJ, 2002.

Qual a razão para tamanho encantamento, e, sobretudo, por que a permanência deste costume em todas as culturas, através de gerações?

Para entender estes porquês, é preciso conhecer a dinâmica dos arquétipos que constituem o inconsciente coletivo, e quem nos fornece o fio condutor para esta busca arqueológica são os grandes pesquisadores da alma humana. A partir de Freud e Jung, os pensadores foram descobrindo, na aparente ingenuidade dos enredos e das personagens dos contos de fadas, as verdades profundas que fazem parte da história da humanidade, pois, assim como um relato mítico, um conto de fadas reflete uma estrutura psicológica de base, e portanto universal. Sempre se passa num tempo muito antigo, ultrapassando os limites de uma realidade cronológica, e adentrando uma outra dimensão, a dimensão do "tempo sagrado", ou "tempo do sonho", o que evidencia sua raiz arquetípica.

Arquétipo é um padrão original, a partir do qual surgem as formas. São matrizes que todos herdamos como uma herança psíquica, assim como herdamos os instintos e os reflexos em nível biológico. São representações coletivas, pré-existentes às pessoas, estando registrados em nível de um inconsciente profundo, na memória das células e do sistema nervoso autônomo. Cada arquétipo é um sistema energético que mobiliza emoções, sentimentos e experiências comuns a todos os seres humanos.

E quais seriam algumas dessas experiências?

Acho que a primeira de todas elas seria aquela de ter sido gerado e nascer de um útero. Esta seria uma experiência arquetípica, pois é comum a todo ser que mama e necessita de cuidados para sobreviver. Outra poderia ser a experiência da "perda do Paraíso"; a passagem do estado de inocência para o estado de inquietação e busca. Quando se perde o Paraíso, entra-se em contato com a solidão e o sofrimento, que são estados emocionais provenientes de emoções basais.

Assim, a maternidade, a paternidade, o amor, a morte, a rejeição, o abandono, a juventude, a velhice, o masculino, o feminino são alguns exemplos de experiências partilhadas por toda a humanidade, sendo portanto arquetípicas.

Esses motivos são encontrados nas mitologias de todos os povos, pois os mitos são a "cara" que cada cultura escolheu para expressar essas histórias, que se fazem presentes em todas as épocas, não como memórias, mas como inscrições pulsando no aqui e agora.

O costume de se contar histórias surgiu com a humanidade. Elas são a expressão mais pura e simples dos movimentos do inconsciente coletivo.

A função primária da narrativa mítica era organizar a vida, criando um campo gravitacional que transformava os grupos em comunidade. Assim, podemos supor que, no ciclo evolutivo das espécies, o ser humano começou a se diferenciar a partir do momento em que, assentados à volta de algum fogo, nossos ancestrais passaram a partilhar suas experiências de lutar pela sobrevivência, de perceber a natureza, relacionar-se com ela e se proteger de sua fúria...

É possível que suas histórias, infindavelmente repetidas, tenham se constelado numa cosmovisão, pois as histórias que são repetidas por um grupo vão se tornando eternas ao longo do tempo, assumindo vida própria quando são repetidas muitas vezes.

O "aedo", o poeta-cantador da Antiguidade, torna-se então o guardião das histórias, e sua função é peregrinar, levando a cada povoado a lição de seu canto.

Em torno do canto como estratégia de manter viva a história primeira, vale relembrar uma curiosidade observada entre os aborígenes australianos, que em suas migrações, em determinadas estações climáticas, sempre fizeram o mesmo percurso através do deserto. Sem bússolas, mapas ou quaisquer outros referenciais que os orientassem, jamais se desviaram da rota, que é repetida através das gerações.

Interrogados por algum pesquisador curioso, em como conseguiam fazer tão longa viagem sem jamais se perderem, eles simplesmente responderam que, desde criança, eles aprendem "o canto da viagem", ou seja, cada geração se encarrega de transmitir aos descendentes, através da cantiga – que nada mais é que uma história musicada –, todos os detalhes da natureza, consubstanciando um grande mapa da jornada.

Destas divagações me vem a idéia de que as histórias são um ofício de construção do mundo, uma vez que todas provêm da mesma fonte universal.

Para Charles e Anne Simpkinson, organizadores de "Histórias Sagradas",[2] Lao Tse, Buda, Jesus, e tantos outros mestres, sempre ensinaram através de parábolas e máximas. Suas histórias são consideradas sagradas porque os ingredientes que as compõem conduzem a reflexões a respeito da ordem

[2] Editora Rocco, RJ.

moral, ética, religiosa, social, enfim, tudo o que constitui a sociedade humana e suas relações com o divino.

Sendo esta torrente arquetípica o caudal que propulsiona a humanidade rumo ao desconhecido, é também, ao mesmo tempo, a força que a atrela a uma tradição, norteada por formas previsíveis de conduta. E é nessas formas previsíveis de conduta que se inserem todas as histórias que contaram sobre nós.

No passado, os povoados eram organizados em torno das capelas, templos ou mosteiros. O sagrado fazia parte do cotidiano, e a autoridade divina garantia às pessoas um lugar à direita do Pai. Mas, à medida que a revolução industrial começa a desalojar o homem desse contexto paternalista, colocando-o diante do desafio da máquina, aquela idéia de um Deus provedor foi sendo substituída pelo mito de Prometeu Triunfante, em que a produtividade e a competência gritam todas as ordens de comando.

Entretanto, mesmo tendo sido afastado do campo do profundo, o homem de hoje continua fazendo de tudo para encontrar um sentido para sua vida, quer através das ciências, quer consultando oráculos, seguindo as religiões da moda, freqüentando academias, fazendo dietas, enfim, fazendo de tudo, exceto procurar naquele armário secreto, onde se guardam as coisas que não podem ser mostradas, as histórias que foram contadas sobre ele e que direcionam o rumo de sua vida.

São essas histórias que precisam ser reconhecidas para que seja possível formular a pergunta que trará ao homem de hoje o poder de mudar o destino, entendendo-se destino como o entendiam os gregos antigos: uma interferência dos deuses na vida do homem.

Se, ao invés de estar sempre procurando *dar a resposta certa*, o homem conseguir encontrar *a pergunta* que o salve da reprodução constante dos mesmos padrões, qual será a pergunta que mudará o rumo de sua vida?

É oportuno lembrar a lenda de Parsifal e do Rei Pescador, detentor do segredo do Graal e portador de misteriosa doença que o paralisava, a ele e a todo o reino. Nada podia curar o velho rei, até que o cavaleiro Parsifal, ignorando o cerimonial e a cortesia, simplesmente se dirige ao rei doente e profere a pergunta redentora: *Onde está o Graal?*

Encontrar a pergunta é formular o problema central, a partir do qual toda a vida se regenera.

Para descobri-la, será preciso que se imagine, que se crie uma imagem mais ou menos assim: *Como eu desejo viver agora?* Imagem esta não mais norteada pelos deveres e expectativas daquelas histórias que contaram sobre nós, mas pelo desejo da alma que está negligenciada e esquecida. Só a partir desse discernimento, pode-se começar a recontar uma história.

Gosto de lembrar James Hillman quando se refere aos históricos de casos clínicos: "... quando contamos nossas histórias, pomos a descoberto nossa alma. Na análise profunda, o analista e o analisando reescrevem uma nova história de caso, estruturando todos os eventos traumáticos e caóticos de uma vida, em uma nova história. Faz parte do processo de cura, talvez, sua essência".[3]

[3] Estudos de Psicologia Profunda, Ed. Achiamé, RJ, 1978.

Segundo Clarissa Pinkola Estés, a vida de um guardião de histórias é uma combinação de pesquisador, curandeiro, especialista, interlocutor dos deuses e viajante no tempo.

A profissão do terapeuta também não se aparta muito destas mesmas tarefas.

Todos nós, enquanto membros de uma sociedade e de uma família, tornamo-nos personagens das histórias que contaram sobre nós. Mapas de nossos caminhos são traçados muito antes de entrarmos em cena, enquanto as personagens que interpretaremos se congestionam nos bastidores, aguardando cada qual a sua hora de palco. E nos identificamos tanto e seguimos tão fielmente os seus roteiros, que nem nos ocorre perguntar se teríamos outra alternativa que não aquela; ou, já que temos que permanecer nelas, exigir que nos sejam pagos os direitos da imagem pela interpretação dos papéis que nos designaram.

Assim, somos protagonistas de uma rede de histórias que, desde antes de nascermos, estão sendo contadas sobre nós.

Ainda numa dimensão fora do tempo, a menina que brinca de casinha ou embala sua boneca já começa a estabelecer os traços que comporão aquela personagem sutil.

Quando crescer, meu filho ou minha filha será... – é o era uma vez do começo de nossas histórias. Como esta é a relação mais antiga que o ser humano experimenta, cabe a ela o direito de ser a primeira a definir os ingredientes básicos desse ser virtual que um dia se consubstanciará em nós.

E assim, por longo tempo, ficamos hibernando nesse caldo atemporal. A menina esqueceu a boneca e recebeu o beijo do primeiro namoradinho, teve seu primeiro orgasmo, encontrou seu parceiro e retomou aqueles ingredientes que estiveram de molho no velho caldeirão das poções encantadas.

Agora, aquele filho, hoje em andamento, terá os olhos da mãe, a estatura do pai, será um bom menino ou uma linda menina e, sobretudo, realizará todos os sonhos dos autores de sua história.

Aliás, todos se sentem confortáveis em se tornar co-autores de histórias para nossas vidas. Mal adentramos a dimensão do espaço-tempo, e outras histórias já vêm juntando-se àquela inicial, nas quais o nosso temperamento é equiparado ao de algum antepassado, nossas preferências coincidem com as de alguém maior do que nós, e o que seremos quando crescermos vai sendo definido em comitês familiares.

Mas as histórias que contam sobre nós não se limitam às desses comitês. Existem outras mais antigas, mais deterministas talvez do que estas, pois provêm daquelas fontes coletivas que nos encaixam em categorias, segundo nossa raça, sexo, credos religiosos, idades, regimes políticos etc.

Desde que a humanidade saiu do nomadismo e se fixou em grupos, essas histórias começaram a ser contadas. Sua finalidade primordial certamente foi estabelecer uma organização ancestral, cabendo, a cada criatura, determinadas tarefas, conforme a idade ou o sexo a que pertencesse. Assim, se somos muçulmanos ou cristãos, budistas ou judeus, um perfil se definirá, da mesma forma se formos negros, nórdicos, orientais ou latinos. Um sistema de castas mais ou menos sutil nos insere em mundos delimitados por códigos que nos devem guiar e nos manter fiéis àquele enredo que está traçado *a priori*.

Como criaturas pertencentes à filosofia judaico-cristã, não podemos livrar-nos do selo original de nossa cosmologia. Ela está documentada no primeiro capítulo do Gênesis, quando Javé, depois de criar o mundo e todas as coisas que o constituem, decidiu criar um ser semelhante a si, para que reinasse sobre todas as criaturas viventes. Tomando então de uma porção de barro, criou o ser masculino, dando-lhe a tarefa de administrar aquela grande obra.

Quando nasce um menino, de imediato são contadas sobre ele as histórias a respeito desse homem mítico, que vão desde o "ganharás o pão com o suor de teu rosto" ao "homem não chora!", "seja homem!", "o soldado é superior ao tempo", até a mais insidiosa, porque mais velada: "nunca abandone a mamãe".

Esta última é a mais insidiosa, porque não passou pelo crivo controlador do Deus cristão. Ela é anterior à estruturação da consciência e a todos os códigos, pois provém de profundezas abissais. Nas mitologias primitivas, a Grande Mãe é o mito primevo que gera, nutre e devora; traz a raiz da origem da vida e da morte. A mulher que gera um filho carrega este poderoso peso arquetípico, pois a experiência fenomenológica da mãe pessoal imprime no filho o complexo materno, ou seja, a experiência interiorizada desse feminino assustador e profundo.

E esse menino, que mal acaba de nascer, entalado entre Javé e uma Grande Mãe minóico-cretense,[4] começa a viver nessas histórias que já estão circulando desde sempre no inconsciente coletivo.

[4] A divindade tutelar do período Minóico, da pré-história grega, é a Grande Mãe, dispensadora da fertilidade e da fecundidade.

Quanto às meninas, seguindo a referida tradição bíblica de existirem em função do bem comum, pois, segundo aquela história original, Eva foi criada para resgatar Adão da solidão existencial, inerente à sua categoria de ser pensante, seu perfil, o das meninas, é configurado a partir de critérios consagrados pela tradição, que incluem desde como cruzar as pernas de forma comportada a renúncias e dedicação a causas que garantam serenidade e conforto a todos os interessados na manutenção do equilíbrio sistêmico.

E, assim, as sociedades se constituem, as famílias se estruturam, as pessoas até pensam que são donas de suas vidas, quando, na verdade, tudo se baseia nas histórias sobre meninos e meninas mais ou menos assim distribuídas:

História número um: "... é um menino!"

(Ou: "Manual para aprender a ser homem")

Esta história nos é contada por grandes pensadores, dentre os quais James Hollis, em seu livro "Sob a sombra de Saturno",[5] e Robert Bly, em "João de Ferro".[6]

Girando em torno do pensamento desses dois autores, vamos *des-fiar* os fios invisíveis que tecem uma trama que aprisiona a maioria dos homens.

A dependência absoluta da criança com relação à sua mãe evoca a ansiedade de separação primordial, conhecida como a perda do Paraíso, e tal registro permanece por toda a vida, gerando a necessidade de religar-se. Como o retorno até o seio materno é impossível, o adulto precisa procurar uma substituição simbólica no mundo externo, através dos relacionamentos, das ideologias ou das religiões. Essa saudade da mãe é intuitivamente sentida por todo o mundo; esse anseio pela eternidade deu origem aos trovadores da Idade Média, ao romantismo, à melancolia das músicas, e está ad-

[5] Editora Paulus, SP, 1997.
[6] Editora Campus, RJ, 1991.

miravelmente celebrado por Lorca quando se refere ao "cante jondo", o primitivo canto andaluz.

> ... o cante jondo canta sempre de noite. Não tem nem manhã nem tarde, nem montanhas, nem planícies. Não tem mais do que noite, uma noite ampla e profundamente estrelada. E sobra-lhe tudo mais.
>
> É um canto sem paisagem e, portanto, concentrado em si mesmo e terrível; em meio à sombra, lança suas flechas de ouro, que se cravam em nosso coração. Em meio à sombra, é como um formidável arqueiro azul, cuja aljava não se esgota nunca... É fundo, verdadeiramente fundo, mais que todos os poços e todos os mares que rodeiam o mundo, muito mais fundo que o coração atual que o cria e a voz que o canta, porque é quase infinito. Vem de raças longínquas atravessando o cemitério dos anos e as frondes dos ventos fanados. Vem do primeiro pranto e do primeiro beijo. O cante jondo canta como um rouxinol sem olhos, canta cego, e, por isso, tanto seus textos como suas melodias antiqüíssimas têm como seu melhor cenário a noite... a noite azul de nosso campo...

Esse padrão, portanto, que vem entranhado desde a medula, impresso em cada célula do corpo, desempenha o papel principal na psique pessoal do homem. Nele vem inscrita uma história.

Em nossa sociedade não existem os ritos de passagem que, nas sociedades tribais, têm a finalidade de introduzir os meninos no mundo masculino, libertando-os do cordão umbilical e inserindo-os no mundo simbólico da comunidade . O homem de nossa sociedade carrega em seus ombros a carga de vidas não vividas, pois, sem ritos significativos, carrega a mais dolorosa das feridas da alma, a vida sem profundidade.

Nas sociedades tribais, os mais velhos arrancam o menino de sua dependência materna, pois só homens podem iniciar outros homens, assim como só mulheres podem iniciar mulheres. O rito é um movimento para a profundidade. Os rituais não são inventados; são encontrados, descobertos, vivenciados e surgem a partir do encontro com o profundo.

Um grupo de sete homens que trabalhou comigo sua iniciação nos grandes ciclos míticos, através da vivência mitodramática, criou esta lenda como síntese de toda a experiência:

> Chegara o tempo da iniciação. Naquela noite, todos os meninos seriam retirados de suas mães e levados para dentro da floresta. Lá ficariam sozinhos na escuridão, como parte das provas, para que viessem a se tornar guerreiros.
>
> Os homens da tribo se prepararam para celebrar este ritual, pois dele já haviam participado algum dia.
>
> O mais velho de todos, o ancião, carrega em suas mãos o 'Bastão que Fala', símbolo portador da sabedoria dos ancestrais.
>
> Na grande noite na floresta, o menino experimentará a solidão e o medo dos animais selvagens, mas, ao mesmo tempo que passa por todas as provas, vai adquirindo a sabedoria necessária para ingressar no círculo dos guerreiros.
>
> Daqui para a frente, ele nunca mais verá sua mãe. Seu encontro com a mulher só acontecerá quando for escolher a que lhe servirá de companheira.
>
> Durante esse período, o ancião da tribo visita os jovens e lhes transmite o conhecimento relativo à caça e à guerra, as duas tarefas que competem aos homens. São

também iniciados na comunicação com os deuses da tribo e aprendem as saudações às quatro direções.

A tarefa do guerreiro é proteger sua tribo contra os inimigos, caçar e pescar. O tempo na floresta é de um ano, contado através das mudanças da lua. Os meninos todavia não sabem quanto tempo ficarão lá. Nada lhes foi dito a esse respeito, apenas lhes foram ensinadas as estratégias para conseguir alimento e se proteger das feras. O resto eles teriam que aprender pela experiência.

E foi sozinho que o menino descobriu que seu braço pode ser muito mais longo e forte, com a mão empunhando uma lança. Descobriu assim que esta lança lhe conferia o poder e o conhecimento necessários.

No momento em que conhece a lança, o menino se reconhece como homem e se torna um guerreiro. É então saudado por todos os guerreiros da tribo e inserido numa nova ordem. A ordem masculina, com seus valores, seus ritos, seus deuses...

Cabe a cada homem, como indivíduo, realizar o que não lhe é proporcionado pela cultura, pois os homens precisam deixar a Mãe e transcender o complexo materno, mas o deslocamento do conforto físico do lar, da infância, do corpo e do instinto para as regiões desconhecidas, para o serviço simbólico, para a idade adulta, exige a travessia de enorme divisa psicológica.

É muito difícil, para os homens de hoje, atravessar este grande abismo sem nenhuma ajuda. Não existem ritos de passagem, há muito poucos velhos sábios, e raros são os exemplos de homens iniciados e amadurecidos; tudo o que eles têm é o futebol e as rodadas de cerveja nos finais de semana. Para estes, ser homem significa ser forte, abrir mão de interesses pessoais e trabalhar para sustentar a família, ser capaz de solucionar problemas, enfrentar perigos e dificuldades. Também significa ser macho, ou seja, ficar distante de qualquer manifestação de sentimentos. Homem pode brigar e até apanhar, mas não pode chorar nem demonstrar qualquer espécie de fraqueza. Ser homem é tornar-se um animal econômico ou um burro de carga e, em qualquer dos casos, é estar separado da própria alma para viver a vida que lhe é imposta por aquelas histórias.

Carregando seus fardos, o homem projeta esse peso nas mulheres e nos relacionamentos em geral. Mesmo depois de adulto, cada relacionamento com uma mulher será influenciado por este profundo drama interior, pois o maior fardo para os filhos é a vida que o pai ou a mãe deixou de viver.

A vida não vivida do pai estará atrelada a todos aqueles deveres e obrigações que o distanciaram de seus ideais e sonhos da juventude, enquanto a vida não vivida da mãe, suas necessidades, suas renúncias, são impostas ao filho como uma carga que ele tem obrigação de carregar, como uma dívida , uma maldição de Sísifo.[7]

Juntando o terrível poder dessas histórias interiorizadas e vivenciando seu possível ressurgimento no presente, os homens ora são o menino encantado, "levando maçãs à professora", ora, o velho Cronos[8] engolindo seus filhos na mais asfixiante depressão. São homens que não evoluem para a

[7] Figura mitológica condenada pelos deuses a empurrar uma pedra morro acima, sem jamais descansar, pois ao chegar ao topo a pedra rolava, e a tarefa tinha que ser recomeçada.

[8] Divindade primordial que, após castrar o pai Urano e tomar-lhe o poder, engolia os próprios filhos, temendo que fizessem o mesmo com ele.

dimensão humana, permanecendo mitologizados em relação às mulheres.

Para estes, só existem dois tipos de relacionamento com a mulher: ou ela é a mulher-messiânica, a Circe,[9] a que vive no limiar dos mundos, envolvida com astros, oráculos e magia, tornando-se a mestra a quem ele cultua, ou é a mãe-terrível, possuidora de seu *fallus,* com quem ele luta, mas de quem não consegue se livrar pela culpa. E nessa luta titânica, torna-se um ejaculador precoce da psique, impedindo a própria fertilização.

Homens com esse padrão tornam-se encantadores, mas fogem ao primeiro movimento de uma intimidade equilibrada, pois idealizam a mulher, colocando-a sobre um pedestal, mas depois, quando ela se dispõe a um relacionamento concreto, eles se afastam e se protegem.

São necessárias as "feridas sagradas", ritualizadas nas cerimônias tribais, como um dente arrancado ou um corte no dedo, para que a consciência seja estimulada numa nova ordem, obrigando o homem a abandonar a ordem antiga e ingressar em uma nova vida, catalisadora do novo estágio de crescimento.

Sempre incentivo as pessoas a criarem histórias a respeito de seus bloqueios e dificuldades, e foi assim que um homem, no tempo maduro de seus cinqüenta e dois anos, experimentou a carga dessa vida não vivida no conto que chamou:

---

[9] Feiticeira que encantou Ulisses retendo-o em sua ilha misteriosa durante dez anos.

O Vaso Quebrado

Era uma vez um menino que morava num castelo muito distante, situado no alto de uma colina. O castelo era cercado por belíssimos campos que mudavam de cor a cada estação do ano. Na primavera, eram avermelhados, tingidos pela coloração do capim alto e pontilhado de flores multicoloridas. No verão, refletiam o brilho do sol e ficavam dourados, como se alguém tivesse pulverizado ouro em pó sobre eles. O outono trazia um verde pálido, invadido por manchas marrons que, à luz avermelhada do sol poente, pareciam fogueiras devorando o capinzal. No inverno, o manto branco da neve fazia dormir toda a vida daqueles campos, deixando-a despertar aos primeiros sinais de retorno da primavera.

A parte de trás do castelo era protegida por uma densa floresta, tão antiga e tão grande, que ninguém do mundo dos vivos ou do mundo dos mortos sabia até onde ela se estendia.

Na verdade, não se tinha notícia de qualquer um que houvesse sobrevivido à primeira noite dentro daquela floresta. Os poucos destemidos, que ali se atreviam a caçar animais selvagens, sabiam que deveriam retornar antes do anoitecer, se tivessem amor à própria vida.

O castelo era completamente murado por todos os lados e, no centro, era dominado por uma altíssima torre, o que lhe dava certa imponência, mas também o fazia ameaçador para quem o visse pela primeira vez. De fato, quem o olhasse com atenção, principalmente nas noites sem lua, iluminado apenas pelos archotes e pela tênue luz das estrelas, haveria de pensar que aquela torre deveria ser habitada por algum ser fantasmagórico e assustador. Alguém que talvez nem precisasse pronunciar qualquer palavra para que todos soubessem de sua presença. Alguém cujo poder maléfico poderia se manifestar de modo tão abrupto quanto definitivo, e para o qual não haveria salvação.

No entanto, aos primeiros sinais do alvorecer, toda aquela lúgubre sensação se desvanecia. Quando o primeiro raio de sol acendia o ponto mais alto da grande cruz que a encimava, a torre passava por uma mágica transformação e se tornava um acolhedor refúgio para diferentes espécies de pássaros, cujas belas e coloridas plumagens, juntamente com seus harmoniosos trinados, enchiam de beleza e encantamento todo o castelo.

Era o momento do dia de que o menino mais gostava. Pulava de sua cama e corria para o grande pátio que se estendia ao redor da torre e, com os olhos meio fechados, brincava com os raios do sol e com as cores refletidas nas penas dos pássaros, enquanto sua alma voava livremente, embalada pela maravilhosa música entoada de modo tão sublime e espontâneo.

Nesses mágicos momentos de intensa comunhão com sua natureza mais primitiva, o menino experimentava uma indescritível sensação de liberdade e de plenitude. Era como se pudesse desvendar mistérios que jamais tivessem sido pronunciados; como se pudesse entender idéias que, de tão complexas, fossem impossíveis de ser formuladas; como se sentisse e soubesse de tudo, mesmo aquilo que transbordasse de seu sentimento e extrapolasse seu conhecimento.

Ficava assim por alguns minutos apenas, mas a intensidade que o tomava fazia com que parecessem anos... vidas inteiras. Imaginava que não estava sozinho e que algo muito especial, embora invisível, estivesse compartilhando com ele aquelas mesmas sensações e experiências. Alguém com quem se comunicava sem pronunciar nenhuma palavra, mesmo porque não conhecia as palavras que pudessem expressar tudo aquilo.

Mas, de repente, sem que conseguisse entender como ou por que assim acontecia, todo aquele encantamento se dissipava e o menino percebia que alguém, de dentro da torre, o observava. Sentir aquele olhar, mesmo sabendo que a torre era desabitada, causava-lhe uma enorme confusão de sentimentos e emoções.

Sentia medo e raiva ao mesmo tempo. Uma mistura de desproteção e impotência que o paralisava e isolava, mesmo que estivesse cercado de muitas outras pessoas que aproveitavam a manhã ensolarada naquele pátio sob a torre do castelo.

Como era afável e compassivo, conversava com todos, participava das brincadeiras, mas não permitia que ninguém se acercasse dele, verdadeiramente. Sentia-se profundamente só e ansiava pelo próximo amanhecer, por aqueles breves minutos antes que o olhar da torre o alcançasse; por aqueles mágicos momentos que lhe traziam a presença tão especial e única que lhe tocava a alma, e com ele compartilhava de um mundo tão breve e tão infinito.

A cor do capinzal já começava a se modificar mais uma vez, apresentando os tons de ouro do verão, quando, numa manhã comum, semelhante a tantas outras, o menino observou junto a uma jardineira que enfeitava o pátio uma moça que moldava um grande vaso de argila. Seu rosto transmitia uma expressão de bondade e de lealdade. Aproximou-se dela e ficou olhando-a trabalhar o barro.

Admirou sua habilidade e sentou-se a seu lado, com o olhar aprisionado pela forma e dimensão do vaso. Por fim, perguntou a ela por que estava fazendo aquele vaso e se precisava ser tão grande. Ela voltou-se para ele e o fitou. Nesse instante, como se tivesse percebido através do olhar dela, o menino deu-se conta de que crescera e já era um rapaz. O tempo passara sem que ele tivesse dado atenção e só agora via isso. "Quanto tempo o olhar da torre roubou de minha vida!", pensou. Perdeu-se um momento nesses pensamentos, numa sensação estranha, parecendo sonhar acordado. Retornou desse estado, com a moça respondendo à sua pergunta:

– Este pátio precisa de um grande vaso, onde as pessoas possam guardar seus sentimentos e emoções, para que não se percam.

O rapaz estremeceu com essa resposta. Quem era aquela moça que nunca vira antes, mas que aparentemente conhecia tanto sobre aquele pátio? Perguntou-lhe qual era o seu nome, de onde tinha vindo, por que nunca a havia visto antes. Quis saber onde ela morava. No íntimo, intuía quem era ela, mas teve medo de perguntar.

Ela sorriu com aquela enxurrada de perguntas, embora muitas tivessem sido expressadas apenas com o olhar.

– Vim de uma cidade muito distante, que fica além daquela floresta, disse, apontando com o dedo para a perigosa floresta atrás do castelo.

– Você sabe trabalhar com o barro?, perguntou ao rapaz.

Ele não sabia, mas aceitou o convite da moça e decidiu ajudá-la a concluir a moldagem do vaso. Enquanto trabalhavam, conversaram. Ambos ficaram encantados com a sintonia de percepções que foram observando um em relação ao outro. Era como se já se conhecessem há muito tempo e já tivessem compartilhado experiências, embora jamais houvessem se encontrado.

A noite já ia alta quando perceberam que não havia mais ninguém no pátio. Despediram-se e combinaram encontrar-se no dia seguinte, quando o sol nascesse.

Quando o rapaz chegou ao pátio na manhã seguinte, ela já estava lá, com o olhar fixo no topo da grande cruz da torre, aguardando que o primeiro raio de sol o iluminasse. Disse ao rapaz que gostaria de lhe ensinar uma brincadeira que fazia desde criança. Pediu que ele ficasse a seu lado, com os olhos meio abertos e meio fechados, e, quando o primeiro raio de sol tocasse a ponta da cruz da torre, ele tentasse levá-lo, apenas com os olhos, até as penas coloridas dos pássaros que chegavam aos bandos. Cada vez que uma pena fosse tocada por um raio de luz, produziria um brilho intenso e colorido, e o pássaro, assim atingido, transformava seus doces gorjeios em uma música mágica e maravilhosa. Ele não acreditava no que estava ouvindo. Não conseguia falar que já conhecia aquela brincadeira, muito menos que essa brincadeira era o melhor momento de seu dia e que, de certa forma, sustentara até aquele momento a sua vida.

Quis falar do olhar da torre, mas teve medo de que isso causasse algum susto na moça. Ficaram ali em silêncio, brincando com os olhos, as luzes e as cores. O rapaz não percebeu que o pátio se encheu de gente, das mesmas pessoas que costumavam passar o dia ali. Não percebeu que não estava respondendo aos cumprimentos e às brincadeiras costumeiras. Assustou-se quando se deu conta de que já estavam ali há quase duas horas e ele ainda não sentira o olhar da torre sobre si. A moça segurava seu braço, puxando-o para que a ajudasse a concluir o vaso de barro. Acabaram de fazê-lo naquela mesma noite, e a moça lhe disse que precisaria secar por cerca de uma semana, antes que tentassem levá-lo para o centro do pátio. Disse-lhe que ela iria viajar até sua cidade natal, mas que voltaria. Pediu-lhe que cuidasse do vaso até o seu regresso.

A viagem durou cerca de um mês, durante o qual eles trocaram cartas diariamente. Lendo uma delas, o rapaz teve a idéia de tentar reproduzir, na superfície do vaso, as cores e sons que percebia na brincadeira de olhos, luzes e cores. Pretendia fazer uma surpresa para ela quando retornasse.

Sentia-se muito agradecido àquela que o ouvia e entendia com tanta profundidade, pois percebera que já não se sentia tão só. Percebeu também que o olhar da torre praticamente não o alcançava mais. Levou um dia inteiro para concluir sua obra. Escolheu cada cor, cada movimento, cada som, com cuidado extremado. Quando deu por finda sua tarefa, estava feliz e pleno. O vaso havia ficado incrivelmente belo. A própria expressão do encantamento que ele sentia pela moça e não se atrevia descrever com palavras, temendo que estas o diminuíssem.

Quando a moça regressou, foi correndo para o pátio e emocionou-se ao ver a beleza do vaso. Agradeceu ao rapaz e lhe disse que aquele era um presente de amor. E confessou que estava também apaixonada por ele.

Isso foi um choque. Ele estava encantado com aquela moça; arrebatado com a descoberta daquela alma tão semelhante à sua própria. Mas não estava apaixonado pela moça (ou não podia estar?).

Deu-se conta de quanto ela poderia estar sofrendo pela não concretização de sua paixão e achou-se culpado por não ter percebido antes, ou, pior, será que percebera e não dera a correta atenção, talvez movido pela vaidade?

Não sabia o que falar para a moça. Seu pensamento turvou-se. Tentou extrair suas emoções de si mesmo e depositá-las no vaso, para que pudesse vê-las com maior nitidez, mas, nesse momento, sentiu o terrível olhar da torre atingi-lo novamente. Uma raiva incomum apoderou-se dele, e ele decidiu destruir aquela torre e matar aquele(a) que o olhava daquela maneira.

Instintivamente, abaixou-se e pegou um escudo que estava caído a seus pés e voltou-o para a torre, tentando proteger-se daquele olhar. No entanto, ao fazê-lo, o olhar da Torre resvalou na superfície polida do escudo e desviou-se, atingindo em cheio o vaso e despedaçando-o.

A moça não entendia o que estava acontecendo e imaginou que o rapaz quebrara o vaso com o escudo. O rapaz continuou sem saber o que falar. Afastou-se dela confuso, deixou cair o escudo e retirou-se para o castelo.

Já não consegue mais acordar cedo para fazer a brincadeira que tanto amava. Voltou a se sentir só...

Sem conhecer o simbolismo da Torre, como imagem da organização da consciência humana, dos códigos que direcionam os indivíduos para as condutas socialmente aprovadas, este homem foi desenhando a paisagem de sua solidão.

Para James Hollis, o ferimento na alma gera, ao mesmo tempo, raiva e dor. Ao sentir-se impotente, o homem fica deprimido, pois a depressão é a "raiva voltada para dentro", geralmente dentro do corpo, gerando doenças físicas, como distúrbios gástricos, enxaquecas, doenças cardíacas ou câncer.

Algumas vezes, como conseqüência dessa repressão, a raiva vazará para o ambiente como irritabilidade generalizada. Isto se chama "raiva deslocada", que espera apenas uma leve provocação para explodir numa torrente de emoções sem justificativa objetiva. O homem ataca o que chega até ele, disfarçado com novas aparências, uma vez que a qualidade e a profundidade do complexo são essencialmente inconscientes.

Por outro lado, e com a mesma freqüência, controlado pelo medo do abandono, procurará maneiras de apaziguar a "mãe internalizada", sacrificando no processo o próprio bem-estar. O fantasma da mãe poderá se constelar no complexo virgem-prostituta, no qual o homem só consegue se entusiasmar sexualmente com o "lado escuro" do feminino, ao mesmo tempo que atribui à esposa o papel de madona inacessível. É bastante freqüente os homens perderem o interesse sexual pela esposa grávida.

Em outros casos, ele se entregará ao anseio de evitar a confrontação, através do comportamento passivo-agressivo, que busca controle e vingança, fenômeno que se manifesta na ejaculação precoce. A intimidade sexual é especialmente sobrecarregada com esse fardo arcaico, porque o ato sexual é, para muitos homens, o mais próximo que conseguem sentir-se da mãe positiva na relação primordial. Quanto mais íntimos os relacionamentos, mais contaminados são pelos detritos do relacionamento primordial que o homem-menino leva consigo.

Em geral, o homem conserva na vida adulta todas aquelas características que são comuns aos adolescentes do sexo masculino. Sua dependência da mãe, sua cumplicidade com ela são marcantes. São grandes companheiros, e ele irá procurar nos seus relacionamentos afetivos a mulher que reproduza os atributos da deusa-mãe, quer em seus aspectos benevolentes, quer na sua face possessiva e destruidora.

De paixão em paixão, este homem vai repetindo sempre a mesma história, na fantasia de que a mulher que tomará em seus braços realizará todos os seus anseios.

Estar separado da própria alma é ferimento dolorido que acaba adquirindo vida própria. O custo maior não é o dano que causa aos relacionamentos externos, embora este seja muitas vezes terrível, mas sim o dano ao relacionamento do homem consigo mesmo.

Esse dano manifesta-se nos sonhos, com paisagens internas de desolação, trazendo o sentimento de que não se tem lugar no mundo. Às vezes, nessas paisagens, só existe uma pedra, onde o sonhador encontra apoio e proteção. Mas é uma pedra árida e nua, uma pedra-mendiga.

Entendo que essas depressões abissais não devam ser curadas com psicotrópicos, mas com o acolhimento às imagens que se apresentem. Só estando presente na imagem é que se consegue alcançar o núcleo do complexo afetivo que nos trava, pois é lá que se encontra o tesouro perdido. Atrás do ferimento da pessoa, freqüentemente repousa o gênio dela, pois, conforme Nietzsche, aquilo que não nos mata, nos liberta e salva.

Alcança-se este propósito quando, em vez de se buscar soluções mágicas no mundo externo, consegue-se diferenciar necessidades humanas de exigências. Isso expressa uma rendição aos deuses, com o reconhecimento da própria humanidade, ou seja, com o sacrifício de valores e ideais, que tenham sido sempre considerados como deveres inquestionáveis e absolutos.

Ao primeiro impacto, pode parecer que o que se exige seja a repressão das necessidades humanas, cultivando-se uma atitude estóica, tornando-se monges ou eremitas, negando-se a própria humanidade e conseqüentemente a própria sombra. Mas a tarefa é muito mais difícil e delicada do que esta atitude radical e unilateral.

Quando falamos em necessidades humanas, estamos reconhecendo aqueles ingredientes que estão na origem de nossa existência e aos quais nos encontramos atrelados indissoluvelmente: as nossas carências.

Como espécie humana, somos incompletos, carentes, e essa *incompletude* produz em cada um o desejo de experimentar a *plenitude.* As carências provocam em nós o desejo de sermos nutridos, protegidos, cuidados, amados e aceitos incondicionalmente, e esse desejo, que é da natureza humana, acaba provocando as *exigências* de que alguém (o parceiro, os filhos, o sistema etc.) satisfaça todas as nossas expectativas. O conflito se instala quando Dionísio nos atrela a seu séquito, enquanto Apolo passa a exigir de nós o holocausto de todos os afetos.

Agüentar a tensão dos opostos é tarefa sobre-humana, e a tendência é buscar a concretização em uma das polaridades, sacrificando a outra. Quando, em vez de desejar e agir no sentido de buscar a *completude,* passamos a exigir que o outro nos preencha, incorremos na *hybris,* na pretensão humana de sermos igualados a um deus. E essa *hybris* é sempre punida com a maldição por parte dos imortais, pois apenas aos deuses é dado exigir.

Renunciar pois às exigências, sem renegar as necessidades, é o grande desafio que o homem adulto tem que enfrentar para conquistar a própria masculinidade. Quando delimita o que é necessidade e o que é exigência, o homem está apto a prosseguir na jornada em busca de si mesmo.

Os conflitos mais dolorosos são os que envolvem a escolha entre o dever, a segurança e a liberdade para experimentar. Tais conflitos geram muita tensão interior, e, quando não se tornam conscientes, a tensão se manifesta por meio de sintomas físicos, particularmente nas costas, no estômago e no pescoço.

> [...] A situação de conflito leva as pessoas a desejarem encontrar uma resposta para solucioná-lo, e geralmente esperam que o terapeuta aponte essa resposta.[10]

Todavia, a contribuição de Jung para a psicologia do conflito é afirmar que, se uma pessoa puder agüentar a tensão

[10] Sharp, D. *Ensaios de Sobrevivência,* Ed. Cultrix, SP, 1988.

entre os opostos conflitantes, sem tomar qualquer decisão movida pelo desespero gerado pela própria tensão, algo acabará acontecendo na psique para resolver efetivamente o conflito. As circunstâncias exteriores podem permanecer as mesmas, mas uma profunda transformação acontecerá. Essa mudança aparecerá como uma nova atitude, tanto para a própria pessoa como para as outras, e a energia, anteriormente presa num estado de indecisão, é liberada, tornando possível o movimento novo. Acontece então uma enorme sensação de paz.

Outras histórias

História de donzelas e dragões

(Ou: A "Carruagem do Desejo")

NASCER MULHER É trazer atrelada à própria existência uma teia sutil de configurações. O feminino mítico permeia nossas células, nossas digitais e principalmente nossas entranhas. Mal somos concebidas, já estamos enredadas na condição de filhas de Deméter,[11] uma Grande Mãe possessiva, e, dessa criança encantada, vamos evoluindo para Koré,[12] a pequena virgem colhendo narcisos nos prados, e cobiçada sempre por Hades[13] soturnos. Na juventude, imaginamos que estaremos a salvo do estupro mítico, quando Afrodite[14] recebe-nos com seu séquito de ninfas.

Mas este é então o momento em que somos atreladas à Carruagem do Desejo, com seus estofamentos formados por um conjunto de crenças de que iremos nos casar e ser felizes para sempre! A partir de então, somos conduzidas pela Carruagem, pois acreditamos na existência dela, lutamos por ela, e que ninguém ouse nos dizer que ela não existe.

---

[11] Deusa da terra cultivada e protetora das colheitas; tinha uma filha de quem jamais admitira separar-se.

[12] Donzela, a filha de Deméter.

[13] Deus do mundo dos mortos, que rapta Koré, para que se torne sua esposa.

[14] Deusa da sensualidade e da beleza.

Essa é outra das histórias que contaram sobre nós, e que carregamos vida adentro, enrolada em sintomas de depressões, síndromes do pânico e vazio existencial, pois estamos sempre esperando que, algum dia, um Príncipe encantado ou um amante destemido venha libertar-nos das torres de castelos onde vivemos confinadas.

Essa história é complicada porque, desde que começamos a nos relacionar com o mundo, estamos escutando as narrativas dos contos de fadas em que há sempre uma donzela prisioneira em uma torre, guardada por um dragão. E que a libertação da donzela virá pela coragem de um príncipe valente que desafiará as estruturas arcaicas, acionará sua carruagem encantada e instaurará a nova ordem no mundo com o "casaram-se e foram felizes para sempre". Em outras palavras, é a ânsia pela alma-gêmea que nos conduzirá ao Paraíso Perdido, reeditando a experiência do êxtase.

Segundo James Hillman e Michael Ventura, numa comprida conversa à beira-mar que nos é apresentada no livro: "Cem anos de Psicoterapia...",[15] o romantismo tornou-se um *sintoma* típico da cultura ocidental, pois, desta banda do planeta, o amor tem sido o tema central de todas as grandes criações, e a experiência de amar e desejar o amor acompanha as pessoas no decurso de suas existências.

Nossa cultura inculca-nos essa obsessão pelo outro, para que possamos sentir-nos realizados. As imagens nos outdoors, os filmes, romances, poemas, músicas, enfim, todos os canais

[15] HILLMAN, James, e VENTURA, Michael, Editora Cultrix, SP, 1997.

de expressão criadora, revelam sempre um homem e uma mulher correndo um para os braços do outro, as bocas ávidas por um beijo.

As sociedades tribais, as muçulmanas e as chinesas não se prendem a esta modalidade romântica, que espera que todas as nossas fantasias sejam realizadas pela pessoa com quem dormimos.

Na sociedade ocidental, entretanto, é mantida uma mitologia em torno do amor romântico, fazendo com que este se torne um fenômeno de massa, cantado pelos poetas e celebrado pelos menestréis. Tudo isso transforma os relacionamentos pessoais-conjugais-amorosos num *sintoma* típico da nossa cultura. Homens e mulheres, incorporando padrões míticos de príncipes e princesas, passam a vida à procura desse amor prometido que um dia virá salvá-los; ele, como o príncipe destemido que enfrenta o dragão e liberta a donzela, e ela, como a princesa prisioneira, à espera da carruagem encantada.

O ser humano do Ocidente é movido por essa fantasia de felicidade eterna.

Percorre a vida em busca do Paraíso Perdido; ou na idéia fantástica de que "lá fora", em algum lugar, existe alguém que vai tomar conta de nós, satisfazer a todas as nossas carências e nos preservar do tremendo confronto que temos que experimentar, a fim de que possamos nos integrar à profunda verdade de nossa natureza.

Pois bem, se estamos todos contaminados e condenados a sofrer deste sintoma, convém que comecemos a refletir sobre *o que* provoca esta forma de experiência amorosa. Segundo Hillman e Ventura, são os deuses! Em seus folguedos olímpicos, eles jogam com seus brinquedos preferidos, que são os seres humanos.

Visto como um jogo dos deuses, o amor romântico é uma *loucura* no sentido mítico da "*mania*", que é a expansão do indivíduo para além dos limites da natureza humana. Nessa loucura, vivencia-se o êxtase e se ultrapassam os limites da própria pele.

Essa forma de amar é resultante do desejo de plenitude, pois o que é buscado pelos amantes é a satisfação de necessidades de preenchimento em todos os níveis do ser; as almas dos amantes têm fome e buscam esta satisfação, não importando o preço que se tenha de pagar por isso.

Como são necessidades da alma, e a alma não dá a mínima para agendas, pouco se importando com as convenções, volta-se aos anos da adolescência, fica-se disposto a mudar tudo, romper barreiras, virar o mundo pelo avesso, pois o amor é essa loucura que quer ser vivida através daquela pessoa.

Esse amor nada tem a ver com qualidades racionais; não é porque o outro seja honesto, talentoso, esbelto, fofinho, prestimoso, bem-sucedido, inteligente ou o que o valha. Não é por nada, não há por quê; é só porque é *esta* pessoa, e isto devolve o amor aos deuses; é a *mania* divina que rompe os códigos de valores que estabelecem as normas de convivência.

Quando as pessoas se casam, afirmam Hillman e Ventura em seu bate-papo à beira-mar, a finalidade subjacente é acabar com essa loucura. É passar um ferrolho, um cadeado na porta para manter a loucura do lado de fora. O casamento, em geral, subjuga a loucura – as pessoas se casam para colocar a loucura em camisa-de-força. Não é intencional, mas, como é geralmente o que acontece, deve fazer parte de uma intenção secreta. Mas a loucura é muito mais forte do que a *fechadura-casamento*.

Instala-se então um jogo perigoso, fechando-se a porta e dependendo da fechadura para manter a loucura do lado de fora, pois a loucura não vai embora; ela insiste em ser incluída na vida e, para tanto, vai provocando rachaduras na estrutura da psique. Louco quer dizer "rachado", e é pelas rachaduras que a loucura se infiltra em sua exigência de plenitude.

É pelas rachaduras que a loucura entra e traz os sintomas: brigas, insatisfações, gastos excessivos, dependência da televisão, compromissos compulsivos, tudo e muito mais, como ingredientes das infindáveis rixas familiares.

Ou, em nome de preceitos e princípios, se resiste a tudo estoicamente e tomam-se hormônios ou antidepressivos.

É aí que surge a nostalgia, a saudade do não vivido, pois não se conjura a magia com hormônios ou anfetaminas; no final do caminho, vai estar sempre o velho anjo. Não anjo no sentido esotérico, como aqueles seres que têm por missão pajear as criaturas, mas no sentido do daimon, do deus que intriga e instiga quando atinge o coração dos homens com suas flechas, e do qual não se consegue esconder atrás de portas fechadas.

Garcia Lorca fala do daimon como *o duende*, e acho que cabem aqui trechos de sua conferência sobre "Teoria e Jogo do Duende".

... o Duende é um poder e não um agir, é um lutar e não um pensar... O duende não está na garganta; o duende sobe por dentro desde a planta dos pés. Isto é, não é questão de faculdade, mas de verdadeiro estilo vivo; isto é de sangue, isto é de cultura velhíssima, de criação em ato.

Este poder misterioso, que todos sentem e que nenhum filósofo explica, é, em suma, o espírito da terra, o mesmo duende que abrasou o coração de Nietzsche, que o buscava em suas formas exteriores sobre a ponte Rialto ou na música de Bizet, sem encontrá-lo e sem saber que o duende que ele perseguia tinha saltado dos misteriosos gregos para as bailarinas de Cádis ou para o dionisíaco grito desolado da suguiriya de Silvério.

... Todo homem criador chamará Nietzsche, cada escada que sobe da torre de sua perfeição é à custa da luta que sustenta com um duende, não com um anjo, como se disse, nem com sua musa (...)

Anjo e musa vêm de fora; o anjo dá luzes, e a musa dá formas. Pão de ouro ou dobra de túnicas, o poeta recebe normas em seu bosque de louros. Em troca, ao duende é preciso despertar nas últimas moradas do sangue. E rechaçar o anjo e dar um pontapé na musa. A verdadeira luta é com o duende.

Conhecem-se os caminhos para buscar Deus, desde o modo bárbaro do eremita, ao modo sutil do místico... e, ao fim e ao cabo, Deus manda, ao que o busca, seus primeiros espinhos de fogo.

Para buscar o duende não há mapa nem exercício. Só se sabe que queima o sangue como um tópico de vidros, que esgota, que rechaça toda a doce geometria aprendida, que rompe os estilos... os grandes artistas sabem que não é possível nenhuma emoção sem a chegada do duende.

... A chegada do duende pressupõe sempre uma mudança radical em todas as formas, sobre planos velhos,

> de sensações de frescor totalmente inéditas, com uma qualidade de rosa recém-criada, de milagre, que chega a produzir um entusiasmo quase religioso... O duende não chega se não vê possibilidade de morte, se não sabe que há de rondar sua casa, se não tem certeza de que há de embalar essas ramagens que todos carregamos e que não têm e não terão consolo. Com idéia, com som ou gesto, o duende gosta das beiras do poço, em franca luta com o criador. Anjo e musa fogem com violinos ou compassos, e o duende fere, e, na cura desta ferida, que não se fecha nunca, está o insólito, o inventado da obra de um homem... [mas]... o duende, onde está o duende? Pelo arco vazio entra um ar mental que sopra com insistências sobre as cabeças dos mortos, em busca de novas paisagens e acentos ignorados; um ar com odor de saliva de menino, de erva machucada e véu de medusa que anuncia o constante batismo das coisas recém-criadas...[16]

Nessa magnífica divagação poética de Lorca, entendemos que o duende é um outro nome da paixão, e, buscando ampliar ainda mais o giro em torno dessa força propulsora que está sempre na raiz de toda a criação humana, assim como também de todos os desmandos, fui caminhando sem pressa, fundamentada agora nas imagens de Clarice Lispector, Julio Cortazar, James Hollis e Roland Barthes. Nessa deambulação, fui encontrando uma diferença sutil entre paixão e encantamento, estados de ser que se manifestam nos enamorados.

[16] Lorca, Federico Garcia. *Prosa viva – Ideário coligido*, Editora J. Aguilar, RJ, 1975 – Conferência lida em Havana, em 1930.

É comum ouvirmos pessoas apaixonadas dizendo: "Parece uma relação de outras encarnações", procurando justificativas para esse deleite em crenças ou filosofias que postulem a transmigração das almas.

Respeitando as crenças pessoais, podemos todavia entender essas vivências como um fenômeno que pode ser absorvido à luz da psicologia profunda.

Como se originam na mesma fonte comum – o êxtase –, tendo uma nascente além da existência humana, muitas vezes se confundem, pois fluem do território dos deuses.

Êxtase é a experiência sagrada de ultrapassar os limites do organismo individual e se dissolver nas fontes arquetípicas. Era fenômeno vivenciado nos rituais dionisíacos, quando, a partir do transe, as pessoas despiam a identidade pessoal para irem identificando-se com o próprio deus no ápice do *entusiasmo,* que significa ter um deus dentro de si.

No oráculo de Delfos, a sacerdotisa, ao entrar no transe produzido pela inalação dos vapores que emanavam das profundezas da terra, também entrava em êxtase e se tornava a mensageira do deus. Ser tocado por um deus é experiência humana que leva a estados de ser que ultrapassam os limites da própria pele.

Embora provindos da mesma fonte, paixão e encantamento possuem diferenças marcantes, embora sutis.

O movimento da paixão é o de possuir o objeto de seu desejo, incorporá-lo, devorá-lo, dissolver-se nele. Comer o outro, metáfora que se aplica ao ato sexual, é a dominância da paixão. Ele se manifesta como uma pulsão insaciável de preenchimento, que busca no outro o alimento mítico, o "maná" que irá nutri-lo para sempre. Na antropofagia, comer a carne do guerreiro inimigo morto em combate é apoderar-se de seus poderes, assim como comer o animal sacrificado faz parte dos rituais de dissolução. Na paixão, projetamos no outro um enredo mitológico de preenchimento e satisfação plena de todas as necessidades humanas.

O encantamento procura essa mesma união, pelo enlevo, pela parceria, cumplicidade e expansão; é puro desejo, sem urgência, lento como as águas profundas que sabem os caminhos que conduzem às regiões da plenitude. É uma necessidade da alma; magia que se apodera de nós e pousa em nosso coração.

Estar encantado é recuperar do tempo a memória ancestral de medos e de espantos. Na carícia da chuva, tremer um segredo leve, acalentando desejos. É a asa roçar de leve o rosto, e a manhã explodir em pétalas e ninhos.

No encantamento, despertamos para o toque sutil que nos revela a dimensão da alma abrindo-se para uma comunhão de sentimentos, cumplicidades, esquilos e jardins. O encontro é desejado sem compulsão, e até a própria espera já antecipa o momento, que poderá acontecer ou não, sem que se altere a natureza da celebração.

Paixão e encantamento confundem-se quando não são percebidas tais nuances.

Na urgência da paixão, fluidos intemporais circulam nas veias, pois a paixão é uma reação espontânea e anárquica, desordenada e urgente. A natureza do gozo é de uma apropriação absoluta.

Por uma lógica singular, o ser apaixonado percebe o outro como um *tudo* e imagina que o outro quer ser amado como ele próprio gostaria de sê-lo.

> E para possuir esse "tudo", basta que não existam lugares delimitados, podendo fluir magicamente um no outro, como se fossem vocábulos de uma língua estranha e nova, na qual seria absolutamente lícito empregar uma palavra pela outra. Na sua metade, colo a minha metade, criando e recriando sem parar, a partir da carência que eu tenho dele. O outro chega aonde eu já o criei, e se ele não vem eu alucino, e a espera é um delírio.[17]

As paixões proibidas muitas vezes trazem tortura e sofrimento. Podem dilacerar o peito e nos precipitar na mais pungente depressão, pois a proibição à paixão provoca uma dor que talvez se inscreva entre as mais difíceis de suportar; tão brutal como uma mutilação. É no texto de Clarice que vamos encontrar o retrato vivo desse processo de luto em vida: "Afastei os homens, fui fechando as doçuras de minha natureza, a cada golpe que recebia; e as doçuras negadas foram-se enegrecendo como nuvens que vão se fechando em escuridão, e eu abaixo a cabeça à tempestade..."[18]

O encantamento não carrega exigências de consumação. Quando Cortázar escreve: "... toco a tua boca, com

---

[17] *Fragmentos do Discurso Amoroso*, Roland Barthes.

[18] *Para não Esquecer*, Clarice Lispector.

um dedo toco o contorno de tua boca, vou desenhando essa boca como se estivesse saindo da minha mão, como se pela primeira vez a tua boca se entreabrisse e basta-me fechar os olhos para desfazer tudo e recomeçar. Faço nascer de cada vez a boca que desejo, a boca que minha mão escolheu e te desenha no rosto, uma boca eleita entre todas com soberana liberdade, eleita por mim para desenhá-la com minha mão em teu rosto e que por um acaso, que não procuro compreender, coincide exatamente com a tua boca que sorri debaixo daquela que a minha mão te desenha", ele descreve esta experiência de puro enlevo, tingida, com freqüência, por nuances suaves do absurdo.

Já em outro trecho, o que sobressai é a volúpia da paixão: "Me olhas, de perto me olhas, cada vez mais de perto e, então, brincamos de ciclope, olhamo-nos cada vez mais de perto e nossos olhos se tornam maiores, se aproximam entre si, sobrepõem-se e os ciclopes se olham, respirando confundidos, as bocas encontram-se e lutam debilmente, mordendo-se com os lábios, apoiando ligeiramente a língua nos dentes, brincando nas suas cavernas onde um ar pesado vai e vem com um perfume antigo e um grande silêncio...[19]

Na paixão, o ser amado agita e ativa medo e desejo, pois atrás dele ergue-se a sombra da mãe sedutora, mediando a presença mais profunda das torrentes ancestrais. "E ele sente o descampado interior, a selva dentro de si. Lá embaixo, ele

[19] *O Jogo da Amarelinha*, Julio Cortazar.

sabe, onde jazia o que era medonho, alguma coisa espera e sorri para ele".[20]

E esse encontro primordial vive eternamente na alma do homem repleto de medo e desejo, pois a relação apaixonada encontra-se sob o signo dos instintos. "As questões cotidianas ficam relegadas aos bastidores, pois, se estou apaixonado, ao invés de escrever um documento importante, do qual dependa o sucesso de algum empreendimento, escrevo uma carta de amor, que não envio. Faço discretamente coisas loucas e sou a única testemunha de minha loucura".[21]

Se uma vida apaixonada é contínua volúpia, uma vida encantada tem o condão de prolongar o tempo, dividi-lo em partículas, dando a cada uma delas aquele matiz insubstituível. "Faz parte daquela fascinação de andar juntos, por ruas e ruas, tocar-se às vezes... falando e rindo, para dar matéria e peso a esta levíssima embriaguez que resseca a garganta, porque, por admiração, se estava de boca aberta" (Id. Ibidem).

É através dos caminhos da psicologia profunda que conseguiremos transitar entre os rochedos de Scila e Caribdis, e aprender com Ulisses, o navegador solitário, a reconhecer e reverenciar em nós essas forças ctônicas que se consubstanciam nas manifestações passionais, sem todavia nos deixarmos devorar por elas.

---

[20] *Sob a sombra de Saturno*, James Hollis.

[21] *Fragmentos do Discurso Amoroso*, Roland Barthes.

As cordas que nos amarram ao mastro não devem nos ensurdecer para o inconsciente, mas manter-nos à tona, apesar do feitiço, para nos garantirem o poder de adentrar a dimensão simbólica do enfeitiçamento, sem nos deixarmos destruir por ele. Se a paixão nos aprisiona, o encantamento flui conosco onde quer que estejamos, e, assim, brincamos de deuses, sem nos confundirmos com eles. Podemos então redescobrir o eterno contido no agora e escrever o romance do tempo reencontrado.

Voltando à Carruagem do Desejo, que foi a pauta desta *circumambulatio,* a permanência nesse enredo, alimentado por exigências intemporais, confina a mulher num círculo neurótico passional, mantido por estratégias para fugir ao sofrimento e à solidão. Todavia, é o sofrimento como experiência que vai arrancá-la da inconsciência e da dependência infantil.

Somente a partir da renúncia a todas as fantasias de felicidade eterna é que a mulher poderá finalmente encontrar sua face perdida e purificá-la das máscaras de todos os clichês. E essa face encontrada será mais gloriosa e mais bela que a de todas as deusas, porque foi esculpida com a argila de noites de insônia e dias de sol, umedecida com a resina de muitas lágrimas, transformadas naquele colar de âmbar[22] cujo sortilégio comove as próprias deusas.

[22] Colar de âmbar – Jóia tecida pelas deusas e oferecida a Hera, a esposa ofendida de Zeus, a fim de comovê-la e obter dela a permissão para que Ilythia, a deusa do parto, descruzasse as pernas e a titânida Leto pudesse dar à luz aos gêmeos Apolo e Ártemis.

E quando esse dia enfim amanhecer, será um novo tempo, quando o companheiro que esteja buscando sua amada identificará sua face em meio a todas as outras.

E eles se amarão com um amor maduro, que escorre pelos dedos, lambuzando a alma, porque esta é a verdadeira mulher por quem ele sempre esteve procurando.

Quando o amor é recíproco e flui livremente, há uma enorme expansão da consciência e da capacidade de amar. Quando um homem e uma mulher conseguem evoluir para além da ilusão, começam a entender a diferença entre o mundo interior, que deve ser vivido simbólica e criativamente, e o mundo relacional, que deve ser concretamente buscado. Para essas pessoas, esse encontro com o símbolo é realizado nos momentos de introspecção, numa leitura, ao ouvir uma música ou numa contemplação da Natureza; e na partilha dessas imagens que fluem com total liberdade, com uma pessoa querida. Escrever, compor, pintar, buscar enfim qualquer canal de expressão criadora, é a garantia de manter viva a energia do símbolo, criando um jardim secreto, para que permaneça.

Quando se constrói um jardim para a alma, o amor tem espaço para penetrar na vida cotidiana, pois a emoção do amor é uma onda em busca de união. O eterno desejo da alma, de estar em conexão com a fecundidade das coisas vivas, está contido na emoção e no mistério do amor. A atenção da alma se constela em uma pessoa quando o amor encontrou um canal possível, pelo qual a alma possa unir-se com o outro.

Para Robert Johnson, in "We",[23] o amor humano consiste em encontrar a afeição, o valor e a beleza nas coisas simples, e não em ficar eternamente exigindo um drama cósmico, grandes emoções ou uma vibração extraordinária em todas as coisas. Como o descascar de arroz dos monges Zen, a roca de fiar de Ghandi e a feitura das tendas de São Paulo, representa a descoberta do sagrado em meio à vida comum. Renunciar às ilusões abre possibilidades nunca imaginadas, pois abandonamos as exigências para fluir na corrente da existência, abrindo as janelas da alma para todas as possibilidades.

[23] 1987.

História do "não foi nada, já passou"

(Ou: "A negação do sentimento")

A NEGAÇÃO DO SENTIMENTO é um dos ingredientes presentes no repertório das histórias que contam sobre nós. Não há criança que, ao se machucar, não tenha escutado o apressado consolo dos adultos: não foi nada, já passou!

Se é um tombo, um corte no dedo, uma topada, não importa o grau da dor, sempre os cuidados vêm acompanhados do consolador "não foi nada, já passou", muitas vezes untando com beijinhos o local da contusão.

E, assim, uma grande maioria cresce formatada para não dar importância às suas dores, não fazendo contato com os sentimentos, pois a pessoa equilibrada não se deve deixar envolver pelas emoções. A força é o atributo dos fortes, e as fraquezas são intoleráveis. Acontece que este "não foi nada, já passou" realmente passa, só que passa sorrateiramente para uma dimensão em que a razão e a força de vontade não têm ingerência, passa secretamente para o corpo. É no mais escondido do corpo que a dor – que não passou – se aloja e vai doendo, disfarçada, no decorrer da vida.

Para Nathanael Branden (1999), muitas crianças aprendem com os pais a reprimir seus sentimentos. Se o menino cai e se machuca, o pai lhe diz imediatamente: homem não chora! Se a menininha expressa raiva pelo irmão, a mãe logo a censura: que coisa mais feia! Quando os pais aceitam os ensinamentos da religião, é muito provável que contaminem seus filhos com a noção de que existem coisas como "maus pensamentos", ou "emoções más", fazendo com que a criança sinta um terror moral de enfrentar sua própria vida interior. E assim uma criança pode ser levada a concluir que seus sentimentos são potencialmente perigosos, que é aconselhável negá-los.

O resultado final desse esforço é que a criança aprende a reprimir seus sentimentos, deixando de experimentá-los. Como as emoções são experiências psicossomáticas, a agressão a elas ocorre em dois níveis: no nível psicológico, a criança deixa de admitir ou de reconhecer os sentimentos indesejados e, no nível físico, ela cria em seu corpo tensões musculares, que têm o efeito de anestesiá-la e entorpecê-la para que não sinta com tanta intensidade o seu próprio estado interior. É desnecessário dizer que este processo é inconsciente, não ocorrendo por uma decisão consciente e calculada. Mas ao negar seus sentimentos, ao enrijecer os músculos da face e do peito, ao cortar a respiração para poder apagar a dor do ferimento, a criança dá início ao processo de auto-alienação.[24]

Uma mulher, que aprendeu a controlar dor de topada pela respiração, levou um grande susto quando, ao ser submetida a exames de rotina, ouviu do cardiologista esta ad-

[24] Branden, Nathanael, in *Ao encontro da Sombra*, org. Conie Zweig e Jeremiah Abrams. Editora Cultrix, SP, 1999.

vertência: o seu coração precisa de cuidados médicos, pois os exames revelaram a cicatriz de um infarto. Como? Jamais sentira qualquer sintoma que evidenciasse essa ocorrência, sendo que seus males sempre estiveram na área digestiva, entre gastrites, azias e mal-estares da vesícula. Bem que já desconfiara que o tal "não foi nada, já passou" se infiltrara em seu aparelho digestivo desde muito cedo, mas jamais lhe ocorrera que lhe houvesse trocado o coração. De repente, sem aviso prévio, um cardiologista lhe anuncia que ela é portadora de um coração de homem; coração que se estraçalha porque não tem permissão de expressar as carências. E agora?

E essa mulher resolveu enfrentar o sistema, frustrar todas as expectativas que sempre a distinguiram como aquela pessoa de impecável conduta e percorrer a via crucis do mapa fantasmático corporal, identificando cada topada que passara ao corpo, na impossibilidade de ser sofrida mais do que o determinado pelas convenções. E, entre risos e dores, foi refazendo seu caminho até onde a memória afetiva lhe permitiu chegar. E escreveu laudas e laudas na busca arqueológica do sentimento oprimido e das lágrimas que não puderam ser choradas.

> ... no tempo em que eu ainda apostava em mim, eu colecionei muitas derrotas, até que comecei a imaginar que eu devia ser invisível.
>
> Invisível nas festinhas da adolescência, em que as meninas da minha idade eram disputadas pelos meninos, e eu, alta e desengonçada, completamente fora dos padrões de beleza da época, ficava sentada em um canto, dançando só com os primos que se revezavam, cumprindo uma espécie de dever familiar...

Dessa mesma época fazem parte também as primeiras frustrações amorosas, que chegaram à mais tenra infância.

> Minha ferida maior é a de nunca ter me sentido importante, como objeto de amor. Ela vem de um tempo infantil em que eu me descobria como a menina amada, e, de repente, meu pai me anuncia que virá um novo irmão. É esta a minha primeira experiência de dor e frustração: não sou suficientemente satisfatória para meus pais, querem outro filho. Esta é a minha cicatriz umbilical: a primeira dor de ter sido trocada por outro.
>
> Todos os lances afetivos de minha vida passaram através dessa lente e até já escrevi uma cantilena: 'Papai escolheu meu irmão. Carlos escolheu Zizi, Luiz escolheu Izabel, Rafa escolheu a noiva, Valdo escolheu minha prima, Horácio escolheu Maria(zinha)... e passaram-se muitos anos... Zé Carlos escolheu fugir de mim, Paulo escolheu outra Maria (que não era zinha), Almir escolheu Sara...'

... e a história continuou, pois não estar entre as escolhidas e sempre sobrar nos relacionamentos afetivos desenvolveu nela o mecanismo de levantar a cabeça e seguir em frente, soprando a unha dilacerada em cada topada e fazendo de conta que não tinha sido nada. Mas a cicatriz no músculo cardíaco denunciava o engodo que impusera a si própria, a partir da crença de que não foi nada, já passou.

Uma outra mulher, dedicada a experienciar suas profundezas negligenciadas, *se-escreveu* desta forma:

A Aprendiz

Era uma mulher que criava sonhos, assim como quem cria passarinhos, libertos de gaiolas e poleiros. Água e alpiste eram a garantia de que os passarinhos, soltos, sempre voltariam, na leveza das asas. Os sonhos assim livres coloriam a paisagem daquela mulher, não importando as nuvens carregadas e as turbulências reativas. Eles, os sonhos, sempre retornavam, garantindo a vida.

E continuava assim, até que, em algum pedaço da existência, a mulher imaginou que seria muito bom dar densidade aos sonhos-passarinhos e construir para eles um lugar de existência. E, despreocupada, como sempre o fora em sua liberdade imaginária, a mulher construiu uma cabana de sonhos, imaginando que poderia contê-los todos num espaço único.

Mas, assim que inventou o lugar, os pássaros da alma começaram a minguar, a parar de cantar, a ter asas pesadas. Os poucos que permaneceram tornaram-se galinhas, ciscando o chão em busca de formigas e empoleirando-se, ao final da tarde, nos galhos mais baixos.

Assim, a cabana dos sonhos espantou os pássaros da alma e, mais uma vez, ela se viu sabotada em sua criação. Revelando seus sonhos, as pessoas também quiseram possuí-los, alimentar-se deles. E todos comeram os sonhos dela, assados na brasa e regados com muita cerveja. E o pior é que agora não tinha mais ninguém a quem culpar. Fora ela quem se descuidara do alpiste e da água, e os passarinhos-sonhos pararam de voltar.

E ela foi ficando pesada como as galinhas, tão pesada que quase não conseguia mais se levantar. Olhou para dentro de si e encontrou um enorme vazio, pior que os antigos, pois também não tinha mais ninguém a quem culpar. Enfiara-se goela abaixo dentro de uma situação sem saída; e mais uma vez ela se deixou engolir, quieta, imóvel, sentada junto a uma pedra, lá no fim de um caminho.

E assim ficou, não se sabe por quanto tempo. Não passava ninguém, nem gente nem bicho, e, naquele céu vazio, nem nuvem nem vento. Naquele caminho não passava ninguém, porque aquele caminho era o caminho dela, apenas por isso.

E, então, ela quis se recostar e apoiar a cabeça, mas só existia a pedra, naquele final de caminho. Abandonada pelos sonhos-passarinhos, experimentou a pobreza última, a pobreza de quem perdeu os sonhos, de quem não tem mais nada na sacola. Só lhe restava abraçar a pedra e, inclinando a cabeça, experimentar um fim. Pensou numa carta de despedida, mas logo se deu conta de que não tinha de quem se despedir.

Despedir-se de alguém é tomá-lo como testemunha de que estamos partindo, e, naquele umbral, não existia o que testemunhar. Mesmo assim, escreveu:

"Meu amigo, minha amiga:

Estou tão longe que nem sei se vocês vão me reconhecer. Daquela que fui guardo apenas as batidas do coração, pois o resto, a leveza do gesto, a alegria da voz, o prelúdio dos vôos, o tempo foi consumindo de forma sorrateira.

Estou vivendo mais uma de minhas experiências de abismo e, quando me debruço sobre o abismo, é de vocês que eu me lembro, pois houve um tempo em que testemunhávamos uns aos outros. Naquele tempo, era mais simples, pois sempre havia alguém a quem culpar. Estou no meio de uma estrada, que vai do nada para lugar nenhum. Volto para baixo da asa de minha mãe e fico por lá até que se cumpra o tempo da metamorfose. Minha Lua em Virgem me põe em alerta procurando a lógica desta aprendizagem, como se fosse possível aprender o mistério.

Obviamente, sei que esse reino intermediário desaparece no momento em que se busca examinar a matéria em si, independentemente das projeções. O reino intermediário dos corpos sutis permanece na não-existência, enquanto acreditamos poder definir ou categorizar as manifestações acerca da matéria e da alma.

Mas assim que a imaginação toca numa região nunca pisada, ou que não deve ser pisada, isto é, no momento em que se depara com uma escuridão impenetrável, o reino intermediário revive, e o físico e o psíquico fundem-se novamente numa unidade indivisível. E este é um processo de criação do mundo..."

E assim permaneceu, quieta e imóvel, assistindo a uma procissão de máscaras que flutuaram diante de seus olhos. E boiaram as máscaras da menina dócil; da adolescente conflitada entre o primeiro namorado e a tabela de pecados mortais; da esposa aquiescente ante o sono do marido; da viúva que precisa ser forte porque as filhas só têm a ela como apoio; a máscara do pânico, do desamparo extremo, até finalmente a grande síntese, na máscara das lágrimas que não puderam ser choradas.

Não se sabe quantas luas e quantos sóis se passaram; não se teve notícia alguma do que aconteceu. Mas as pessoas que sabem ler nas escritas do tempo afirmam que, depois de cumprir o tempo do mistério, ela se pôs em pé, reencontrou-se e deu o primeiro passo naquela estrada que não existia. Não era 1º dia do Ano, início de Século ou virada de Milênio; tudo já tinha passado. Era só o seu pé, pisando aquele caminho que não tinha estrada, mas que seria percorrido por ela.

Agora seria lúcida, pois também experimentara; fizera parte do mistério das coisas".

Continuando nesse território, ela agora escreveu para quem a conhecia:

Meu amigo Lancelot:

São 14 horas do dia 5 de setembro, e sua carta acaba de chegar. Meu Deus! Como estive colada em você nesse final de semana que passei sozinha em casa. Tive um "surto de regressão" ao reler Clarice, em *Perto do Coração Selvagem* e, de repente, me senti engolida por uma experiência de pulsações, como devem ser aquelas provocadas pelas drogas. Senti-me num tempo do qual um dia eu já fui prisioneira, aquele nosso tempo, em que eu sofria tudo isso que você sofre agora e que morria em ânsias por não conseguir fazer nada. Só que agora foi diferente; eu sentia as mesmas sensações, mas não sofria nada, como se me tivesse tornado invulnerável, ou como se as coisas me trespassassem sem me contaminar (não foi nada, já passou). Dá para entender? Acho que só você consegue.

Pensei em te telefonar no domingo, para dizer: você é o homem mais corajoso que eu conheço porque não teve medo de gostar de mim do jeito que eu sou. Acho que só conseguiu isso porque era tão jovem que acreditava nas possibilidades que todos pensamos que temos. E agora, na maturidade, começa a constatar que o compasso do mundo é imutável e que ninguém nos pode ofertar aquilo que nos falta por essência.

É muito mais cômodo botar a culpa no parceiro, no destino, em qualquer coisa que não nós mesmos em nossa humanidade. Conviver com a condição humana do outro, enquanto uivamos desesperadamente por aquela outra complementação que nos preencha, é luta da qual saímos esfolados, mas sempre vivos, sempre mais humanizados.

Sinto muito não estarmos mais perto para eu poder te retribuir o colo que você sempre me deu, apesar dos sopapos que também faziam parte do kit amigos-de-infância. Faça como eu fiz; pague um alguém para te escutar, para esperar por você todas as semanas, para ser uma testemunha de sua vida. Não se preocupe em ter que corrigir nada, pois não se corrige humanidade. Aprende-se a conviver com ela.

Marquei este trecho no livro que estava lendo e que me levou pelo túnel do tempo: "... o casamento é o fim, depois de me casar, nada mais poderá me acontecer. Imagine: ter sempre uma pessoa ao lado. Meu Deus, não estar consigo mesmo nunca, nunca, nunca. E ser uma mulher casada, quer dizer, uma pessoa com destino traçado. Daí em diante é só esperar pela morte. Eu pensava: nem a liberdade de ser infeliz se conservava, porque se arrasta consigo outra pessoa..." e por aí vai, até o último capítulo, que eu quero xerocar pra te mandar, e que termina mais ou menos assim:

"... Não, não, nenhum Deus, quero estar só. E um dia virá, sim, um dia pisando em mim, na minha verdade, tão integralmente lançada no que fizer que serei incapaz de falar, sobretudo um dia virá em que todo meu movimento será criação, nascimento, eu romperei todos os nãos que existem dentro de mim, provarei a mim mesma que nada há a temer, que tudo o que eu for será sempre onde haja uma mulher com meu princípio, erguerei dentro de mim o que sou um dia... porque basta me cumprir e então nada impedirá meu caminho até a morte-sem-medo de qualquer luta ou descanso, e me levantarei forte e bela como um cavalo novo" (Clarice Lispector, *Perto do Coração Selvagem*).

É, meu grande amor-amigo. Esta nossa vida não é feita de licores e amavios; não sei o que são amavios, mas gostei da palavra que me veio. Ela, a vida, é feita sim de muito sangue coagulado numa terra que devemos desbravar. Escreva-me sempre, pois nossa sintonia é maior do que pensamos.

> Eu ando num pré-mundo que ainda não conheço e a cada dia fica mais forte a sensação de já estar com as malas prontas para uma grande partida. Mas, de repente, é como se acontecesse um começo e a vida 'severina' voltasse a pulsar outra vez. Este pedaço da história eu ainda não consigo entender, mas observo como quem assume a cumplicidade de um enigma. Um beijo além do tempo.
>
> Sua Morgana (ou já a própria Dama do Lago...).

Mais outra mulher que, após quarenta e nove anos de felicidade conjugal, aguardando a comemoração de suas Bodas de Ouro, viu o amor de sua vida ser levado repentinamente para uma UTI e, depois de poucas horas, recebeu a sentença final, só conseguiu lançar seu grito de desespero três anos depois:

> Quando a notícia lhe foi dada, devagar, sem atropelos, naturalmente, como uma simples comunicação, ela não entendeu, em absoluto não compreendeu, tal o absurdo do que lhe era comunicado, afirmação que lhe chegava como verdadeira aberração, longe da verdade, totalmente fora da realidade.
>
> Um "Não" gigantesco, terrível, monstruoso, horrendo, deveria ter sido a resposta, com gestos tresloucados, com atitudes de evidente desequilíbrio mental, uma inopinada e vertiginosa carreira pelas galerias do hospital, batendo aqui e ali a cabeça nas paredes por onde passava, rolando pelo chão, desgrenhada, uivando, gemendo, chorando, louca, inteiramente desvairada!
>
> A reação, contudo, foi exatamente oposta. O "Não" saiu espremido, minguado, contido, anulado, apequenado, anão, como se todas as mordaças do mundo lhe tivessem sido impostas, impedindo-a de ter uma reação condigna, à altura do horror que lhe era dito! E foi sob o impacto terrí-

vel do irremediável que a destroçava, que a aniquilava, que a esmagava, que ela caminhou sobre os escombros do que lhe restava da alma e do coração e se aquietou num canto, num batente de cimento que lhe surgiu naquela varanda despida, e muda, sem dizer palavra, apenas balançava a cabeça numa silenciosa atitude de protesto, convencida da total inutilidade de manifestar a sua dor, a sua angústia, o seu desespero.

Como se mil olhos a espionassem, querendo assistir a mais uma cena de hecatombe, ela inconscientemente se dominou, se controlou, se fechou, decidida a não dividir com ninguém a dor que era só sua, o desespero que era só seu, a perda que era só sua, tão terrivelmente dolorosa e cruel, e tão amarga que a deixava ali, imóvel, impassível, como se estivesse acima da tragédia que desabava sobre ela e sobre a sua vida.

A perda era total e tão avassaladora que era sem valia, inútil, vã, qualquer reação! Ela morria junto com o amor da sua vida e se acabava ali também! Quem sabe, foi por isso, certamente, que ela não deu o grito de desespero que hoje reclama, proclama e protesta. ELA ESTAVA MORTA!

Todas essas reflexões são evidências de que o sentimento é substrato de nossa existência, e que negá-lo é violentar a natureza. Nossa matéria-prima são os afetos que, quanto mais reprimidos, mais danosos podem tornar-se. O sentimento é uma função psíquica que nos diz se alguma coisa está correta ou não. Infelizmente, grande parte de nós há muito perdeu o contato com esse recurso, e freqüentemente passamos por cima de suas diretrizes a fim de sermos produtivos. Não escolhemos os sentimentos, eles são manifestações autônomas e qualitativas de nossa vida. Podemos apenas escolher tornar conscientes esses sentimentos e depois decidir se vamos ou não agir de acordo com eles.

Enquanto o pensamento é uma função da mente, o sentimento é um atributo da alma, e quando a alma é renegada, ela se aloja no esconderijo do corpo e se manifesta em sintomas conhecidos clinicamente como depressão.

A depressão é sempre um luto, um longo e dorido lamento por alguma perda que tenha o valor equivalente à própria vida. É um processo interior, difícil e lento, extremamente doloroso, em que temos que ir desistindo, passo a passo, e enfrentando uma realidade que desejaríamos poder negar. A depressão é a recusa à desistência, na tentativa de manutenção do bem perdido, pois apegar-se à dor pode ser considerado um ato de fidelidade ao que se perdeu.

Em nossa condição humana, estamos sujeitos a perder pessoas, status, bens, saúde, mas a pior de todas é a perda de nossa inteireza, quando nos apartamos de nossos sentimentos.

A depressão pode ser diferenciada como "reativa", "endógena" ou "intrapsíquica", e o que ocorre freqüentemente é que elas são confundidas entre si, prescrevendo-se antidepressivos de forma generalizada. A depressão reativa é perfeitamente normal após uma perda ou um desapontamento. Ela só se torna patológica quando o impacto da experiência se prolonga além de um período razoável.

A depressão endógena deriva de alguma insuficiência hormonal, com uma base presumivelmente biológica. É o caso de quadros depressivos em que as pessoas se sentem como se tivessem que subir diariamente uma ladeira carregando fardos com peso superior às suas forças. Esses quadros geralmente são revertidos com administração de medicamentos para regularização dos hormônios da tireóide.

A depressão intrapsíquica é a que geralmente ocorre na meia-idade, quando há uma colisão entre os impulsos da natureza e os deveres e obrigações impostos pelos papéis que se desempenham na vida, ou seja, quando os sentimentos são bloqueados em nome de algum valor institucionalmente reconhecido. Nestes casos, a energia vital é contrariada, negada, violada, pressionada para baixo. A imagem mais freqüente para esta experiência é a do "poço sem fundo", mas a depressão intrapsíquica, a partir de uma perspectiva da psicologia profunda, é um poço *com* fundo, embora se tenha de mergulhar nas profundezas para encontrá-lo. Se tivermos deixado para trás uma parte vital de nós mesmos – os nossos sentimentos –, é necessário que voltemos para encontrá-los, trazê-los à superfície, integrá-los e vivê-los.

> A psique usa a depressão para chamar nossa atenção, para mostrar que existe algo profundamente errado. Tão logo compreendemos seu valor terapêutico e seguimos seu fio de Ariadne através de nosso labirinto particular, a depressão pode até parecer, de certo modo, uma amiga. (...) A dor e o sofrimento são indícios de que algo vital ainda está presente, aguardando nosso convite para retornar ao mundo.[25]
>
> É preciso coragem para valorizar a depressão, para respeitá-la, para não tentar eliminá-la através de medicamentos ou nos distrairmos para evitar sua miséria. Lá no fundo existe um significado potencial, separado da consciência, porém vivo e dinâmico.[26]

---

[25] James Hollis. *Os Pantanais da Alma*. Ed. Paulus, 1995.
[26] Idem, ibidem.

Nos quadros depressivos da maturidade, quando aparentemente não existem motivos para a pessoa estar deprimida, é vital que seja escutado o longo e dolorido lamento da alma, resistindo à desistência que lhe tenha sido imposta pelas convenções presentes nas histórias contadas pela tradição. Quando se coloca uma dor sob o olhar amplificado da fenomenologia, dá-se início a um processo de busca em profundezas, não parando diante do muro da consciência ou do mundo dos conceitos e dos juízos. Retorna-se às próprias coisas que precederam o mundo e o conhecimento racional, e o mergulho mostra o até então insondável, "onde imagens grávidas de serem conhecidas irradiam luz".[27]

Deméter é a deusa do luto em vida. Ao ter a filha raptada, entra em agonia e nela permanece tornando-se velha e ressequida como a terra árida que espalha desolação e morte. Para que recobre o viço e a vida, exige que lhe seja devolvida a sua parte que se afundou nas profundezas. E o que retorna volta imantado pela experiência de morte e renascimento; a donzela Koré retorna como Perséfone, a Sacerdotisa soberana do Mundo Inferior.

Em "Ansiedade Cultural", Lopes-Pedraza (1977) fala-nos sobre o valor que se deve dar às depressões, ao invés de sufocá-las com psicotrópicos. Para Pedraza, a depressão deve ser encarada como uma crise da alma e, como tal, deve ser olhada como o canal através do qual é possível resgatar os sentimentos, porque os movimentos lentos da depressão são via régia para essa linguagem de fundo que sobe das profundezas do ser.

---

[27] Idem, ibidem.

É então que a consciência, surgindo como jóia rara, através da criação poética, plástica, literária, musical ou artesanal pode trazer de volta o tesouro perdido. Ao tomarmos consciência daquilo que nos mantém arrastando as correntes de um destino coletivo, podemos libertar-nos delas e colocar-nos na intimidade do sentimento do mundo.

História do ruim com ele, pior sem ele

(Ou: "Do medo de se perder"; ou: "Da coragem de se buscar")

Essa história geralmente está vinculada àquela da Carruagem do Desejo e começa a ser vivida a partir do momento em que o encantamento se quebra. O primeiro indício de que ela desponta é a constatação de que ele(a) não é mais a pessoa com quem nos casamos.

Realmente não é, nem nunca foi, pois na verdade nos casamos com uma imagem de nós mesmos projetada sobre o parceiro, que tem por finalidade básica preencher todas as nossas carências. O Outro é necessário para nos confirmar em existência, e, na ausência dele, vamos nos diluindo até perdermos a consistência.

O fenômeno da projeção é inerente à natureza humana. Jung diz que a projeção é um fato natural, pois faz parte da relação da psique com o mundo. É um processo automático e inconsciente, por isso, não se pode criar a projeção; ela existe e se interpõe entre o individuo e o universo.

O pensamento mágico é a forma mais primitiva de pensar e surge na busca de uma saída, a partir de experiências de estados emocionais poderosos. O homem primitivo, como espectador participante das revoluções que se sucederam na evolução do planeta, foi desenvolvendo a faculdade de projetar, sobre os fenômenos da Natureza, os conteúdos de sua intimidade, onde o pânico, a ira e o desejo o invadiam com a mesma violência das erupções vulcânicas. Nesta forma primitiva de pensar, o mundo todo é concebido como uma unidade, não existindo qualquer diferença entre o dentro e o fora, o mundo interior e a violência dos vulcões, terremotos e maremotos. A magia surge então da urgência do homem primitivo em controlar, reverenciar e apaziguar esses aspectos ameaçadores do mundo. Dessa forma arcaica de pensar, emerge uma ordenação confortadora, uma vez que possibilita, ao ser pensante, tornar-se possuidor da mesma força que antes o aniquilava.[28]

As pulsões do inconsciente manifestam-se através de imagens, e o primeiro contato que o consciente tem com essas imagens carregadas de conteúdos emocionais é através do mecanismo da projeção; vemos fora de nós, no outro, as nossas partes desconhecidas. Esse padrão arcaico projeta-se sobre a Natureza, os indivíduos, os grupos, os sistemas, as idéias, os objetos etc., desde que se revelem adequados à natureza do conteúdo projetado. O objeto, ou o ser que recebe a projeção, oferece sempre um "gancho" àquele conteúdo. No Oriente dá-se a esse fator o nome de "tecedeira" ou "maya", a dançarina tecedeira de ilusões. A projeção isola o sujeito da

---

[28] Menegazzo, Carlos M. *Magia, Mito e Psicodrama*, Editora Ágora, SP, 1994.

realidade imediata, pois, em vez de uma relação objetiva, o que fica existindo é a relação com uma imagem ilusória.

Na juventude, quando ainda nem se terminou de formatar a identidade social, o sistema já nos insere numa instituição chamada casamento, que chega trazendo padrões de conduta, transformando-nos em personagens. Talvez nenhuma outra instituição social esteja submetida a uma tão grande bagagem inconsciente como o casamento. Além do braço da Lei, há o braço da religião com toda uma mitologia de união indissolúvel.

Segundo James Hollis, em "A Passagem do Meio",[29] as juras de fidelidade e companheirismo pronunciadas no altar ou diante de um juiz incluem, em surdina, mais ou menos o seguinte: "Conto com você para dar significado à minha vida"; "Conto com você para estar sempre a meu lado quando eu precisar!"; "Conto com você para ler minha mente e antever todas as minhas necessidades"; "Conto com você para me completar, para me tornar uma pessoa completa, para curar minha alma ferida".

A maioria dos casamentos que chegam ao fim é rompida pelo peso dessas expectativas, e aqueles que persistem são, com freqüência, intensamente marcados.

A vida em comum desgasta impiedosamente as projeções; somos deixados com a diversidade do outro. Por isso, depois de algum tempo de convivência, as pessoas chegam à seguinte conclusão: "você não é mais a pessoa com quem eu me casei..."

[29] Editora Paulus, 1995.

O que acontece é que a vida cotidiana, com suas múltiplas dificuldades, vai desbotando esta imagem idealizada, até que, de repente, vem a constatação: o outro não está mais desempenhando o papel que lhe foi designado pelos meus desejos. Deixou de ser encantado para se apresentar com todas as falhas da condição humana.

E a vida cotidiana é especialista em desbotar projeções.

Para que entendamos melhor o fenômeno da projeção, nada melhor que um poema do mesmo cliente autor do conto "O Vaso Quebrado".

Quando celebramos mitodramaticamente o ritual do casamento sagrado, pedi a todos os participantes que levassem para o evento um poema de amor. Ele decidiu escrever o seu próprio poema, ao qual chamou:

Pedaço meu

Fecho os olhos e sinto o cheiro da tua pele.

Sem abri-los, recosto-me no sofá e percebo tua presença ao meu lado.

Eu te abraço e teus seios reconhecem as minhas mãos.

Tuas costas nuas roçam de leve nos pelos de meu peito e ficamos os dois com a pele arrepiada.

Tu te voltas e te ajoelhas de frente para mim. Teu hálito quente acaricia meus olhos enquanto tuas mãos longas e magras se apóiam em meus ombros.

Escutamos apenas o silêncio de nossas respirações.

O bico de teu seio encosta em meu queixo, oferecendo-me o mais improvável alimento, o mágico elixir que me levará ao mais encantado dos mundos.

Intuo quais são as tuas feições, mas essa imagem não se confirma ao toque de meus dedos. Tampouco consigo avaliar se és alta ou baixa.

Gostaria de te conhecer. Saber o teu nome. Descobrir onde moras.

Mas sei que quando abrir os olhos tu já terás ido.

(Don Aragon of Gondor)

Essa projeção começa a desbotar a partir do momento em que começamos a perceber o outro como ele é, tão carente quanto nós mesmos, tão humano quanto qualquer um.

Muitos casamentos já terminaram, embora o casal permaneça junto, e o que os mantém é uma pressão coletiva excessivamente poderosa que não permite buscar alternativas. Uma vez que fomos condicionados a assumir papéis institucionalizados como o de cônjuges, pai ou mãe, arrimos de família, nós projetamos nossa identidade nesses papéis e, enquanto eles tiverem poder normativo, enquanto as projeções funcionarem, o indivíduo conseguirá evitar o encontro com as profundezas de sua alma.

A sensação de vazio e a perda de significado ocorrem quando as projeções da pessoa se dissolvem. Muitos casais já esgotaram há muito tempo sua conversa, porque deixaram de crescer como indivíduos, mas algumas pessoas têm tanto medo da solidão que se agarram a terríveis relacionamentos em vez de arriscar sofrer as conseqüências de qualquer mudança.

Helena é minha amiga. É a irmã que encontrei, e hoje, embora vivendo distantes, continuamos nos compartilhando como duas ilhas gêmeas, afinadas ao ritmo das marés.

Do tempo em que nossa correspondência era feita via correios, guardei muitos escritos seus, assim como ela também guardou os meus. Acho que era uma estratégia para resgatarmos o cotidiano perdido.

De tantos escritos, bilhetes ou testamentos, selecionei este, de Helena, que se presta, com a honestidade de uma testemunha, a ilustrar esta história do ruim com ele, pior sem ele:

> "Foi no velório do marido da amiga que ela identificou aquele som oco, que a possuía, quando a lembrança, desfiando fisionomias, escava profundidades subterrâneas em sua alma, deixando à mostra um coração todo aberto, impotente e medroso. A amiga a queria por perto, e ela se sentara a seu lado, sentindo seus músculos contraindo os ossos como em um grande abraço.
>
> Memórias, é de que viverá a amiga agora, melhor para ela. A memória não pode matar o amor.
>
> De volta à casa, fala pouco; gostaria de se sentir uma planta enraizada, mas seu intestino a delata e caga merdas intermináveis, com espasmos que a fazem se contorcer. Imagem lhe vem de um escorpião, que, quando de seu momento fatal, se fecha sobre seu próprio corpo e usa seu veneno. É definitiva a sua picada.

Fica assim enrodilhada em profundezas secretas; pensa e chora. Que bom seria ser mansa, pintada em tons pastéis. Seus gestos teriam um despertar natural das manhãs de outono; possuiria um olhar que afaga e que aguarda com paciência legítima.

Bobagem querer ser assim. Seu corpo, bem sabe, tem mil pulsações de atabaques, seu ímpeto de caminhar possui uma boca enorme que vai devorando seu próprio trilhar. Atrás, nada; ao seu lado, ninguém. Também, quem, qual pessoa humana acompanharia esse pisar de rumos sem direção? Na verdade, ela nem convida para esse passeio desbravador. Ao contrário, garante o perigo da lama, da areia movediça, de espinhos e farpas pontiagudas que podem ser encontrados e que ferem profundamente.

É também verdade que assim ela se nega a mostrar um coração simples, e pernas que não agüentam mais trapacear nessa corrida inútil..."

Depois da perda das ilusões, o grande desafio no casamento é aquele em que duas pessoas, unidas pelo amor e por um projeto de vida semelhante, possam também se construir como indivíduos que se admiram e se apóiam nesta caminhada. Raros são os que o conseguem, pois, para que tal experiência possa ser partilhada, é necessário um despojamento de expectativas centradas em torno da idéia de que o outro deve existir para me fazer feliz.

O que freqüentemente ocorre é que, alicerçados em paradigmas mitológicos, o casal e a família vão tornando-se recintos de confinamento, impondo-se como uma entidade atroz que exige nada menos que o sacrifício de identidades. O grito morre na garganta quando a gaiola dourada fecha suas portas e água e alpiste vêm alimentar aquele frágil ser que se debate sufocado entre as barras das convenções. A única salvação é o poleiro. Ficar empoleirado traz a ilusão de que é muito mais vantajoso viver numa gaiola de ouro do que voar na direção do vento. Ou, em outras palavras, voltando às idéias de Hillman e Ventura, ficamos acomodados para nos preservarmos do que nos disseram ser loucura, egoísmo, aceitando o que os outros estabeleceram, o que nos foi ensinado desde sempre.

O preço é muito alto para todos, tanto para os que se acomodam no poleiro do ruim com ele como para os que fazem a opção pelo pior sem ele.

Séculos de doutrinação são despejados na consciência daqueles que ousam buscar a individualidade numa instituição que estabelece a dualidade como o Alfa e o Ômega. O casamento fica sobrecarregado pelo ressentimento e pela raiva resultantes das necessidades insatisfeitas. A coisa mais fácil que existe no mundo é culpar outra pessoa.

Para os homens, então, a saída mais freqüente é arranjarem uma amante e se manterem compromissados economicamente com a família que constituíram, enquanto que, para as mulheres, o preço é bem mais doloroso, pois, em nome de todos os preceitos, permanecem no anonimato de si mesmas, servindo ao bem comum, só conseguindo desvencilhar-se honrosamente pelas portas da morte. As esposas foram todas educadas para agradar, não por gentileza, mas por medo da solidão. Optando pelo ruim com ele, colocam o seu tempo a serviço do marido, dos filhos, da família, imaginando assim escapar ao temido destino de não ter a seu lado um homem que as confirme.

A maioria das mulheres consegue manter em segredo sua crise, permanecendo no lar e persistindo no mandato de dedicar-se ao casamento e à maternidade. Mas a crise oculta irrompe e se torna evidente quando essa mulher sai em busca de seu desenvolvimento e precisa fazer uma pausa para refletir, pois ela não consegue mais apagar a luz e esconder a cabeça embaixo do lençol.

Vem de Lya Luft esta constatação: "Quem é esta que paga os preços de suas escolhas, luta contra seu medo e sua timidez, defende as crias, mantém inteira a sua família, paga contas, cuida dos pais doentes, esquece-se de si mesma tantas vezes – e depois chora sozinha porque, se continuar assim, não vai nem saber de que pedaço da galinha gosta mais?"

E mais adiante continua: "... mas ensinaram-nos que temos que manter tudo arrumado, poeira nos móveis, filhos em crise ou marido mais calado podem ser um drama. Então levamos o mundo nos ombros e mais nos angustiamos por nos sentirmos angustiadas".[30]

São ainda de Hollis (1995) estas considerações: "As esposas tradicionalmente aprenderam que deveriam se realizar através das conquistas do marido e dos filhos. Assim, sublimam suas carências e suas urgências na dedicação a filhos e netos, entram em depressão ou sofrem de enxaquecas. A mulher que sofre uma depressão está voltando para dentro de si sua raiva indesejada, sobre a única pessoa que ela tem permissão de atacar: a ela mesma (...)".

[30] *O Rio do Meio*, Editora Mandarim.

Essas, todas essas, mais cedo ou mais tarde, morrem santamente e têm seus méritos documentados nos santinhos da Missa de Sétimo Dia.

Ao longo da vida profissional, tenho acompanhado muitas pessoas, homens e mulheres, no seu caminho de procura por alguma salvação e, como testemunha de muitas jornadas, fui descobrindo personagens escondidas em queixas e sintomas, que aos poucos se revelaram, na eloqüência de uma grandeza desconhecida. E, juntando pedaços de existências, fui desenhando um enredo que se consubstanciou no conto que chamei de:

DESIDERATA

Nunca ouvira ninguém pronunciar a palavra "peremptória" numa conversa; jamais! Peremptória era palavra de dicionário, ou, quando muito, de revistinha de palavras cruzadas, igualzinho a inusitado, que também é outra palavra só de poesia ou romance cor-de-rosa. No mundo das palavras, existem aquelas que são faláveis por todas as pessoas, outras que só aparecem nos discursos e algumas que só existem mesmo para os dicionários.

Pois não é que naquela sala de espera do psicoterapeuta, a moça, conversando, falou peremptória. É certo que a moça era uma jornalista, mas falou peremptória assim como quem fala coisa à toa, sem pedantismo nem afetação. E ela não conseguiu mais acompanhar o assunto, com peremptória piscando vermelho dentro de sua cabeça.

Terminada a sessão, pegou sua bolsa e voltou para casa, mas peremptória não largava dela e, de repente, tomou conta de tudo: da televisão, da receita de bolo, de Deus e até da moça dos congelados. Se ia pensar nalguma coisa, lá vinha peremptória, tão assanhada que quase pulava da boca para fora. Tinha que apertar bem os lábios para peremptória não escapar, pois, se isso acontecesse, assustaria toda a família.

Essa idéia começou a diverti-la, imaginando os filhos, a nora metida, os netos, todos parando para ouvi-la peremptória – quem sabe, desta vez, até o marido.

Peremptória, chegou até o espelho onde se encontrou numa imagem suficientemente desbotada para não ameaçar mais as filhas moças, mas também ainda suficientemente independente para não começar a dar trabalho. O espelho refletia indiferente a sua face anônima, sem presença definida, apenas aquilo, sem desejos, sem anseios e, de preferência, sem recordações. Se rezasse, melhor ainda, que reza de mãe é sempre muito escutada pelos santos.

Portanto, só peremptória conseguiria retirá-la daquele banho-maria em que sempre estivera, misturada a deveres escolares, fotografias comemorativas, festinhas de aniversário, desde a dos bolos com velinhas e brigadeiros preguentos até as de embalo, com a turma abrindo o som no último volume, e ela discretamente servindo canapés, servindo. Falar peremptória era ser como a moça jornalista pelo mundo, dando notícias da viagem do presidente.

Até que o marido não era um homem impertinente. Tinha-se no conceito de liberal, deixando que a esposa participasse de cursinhos e outras extravagâncias, desde, é claro, que isso não interferisse na rotina da família nem prejudicasse sua imagem pública. Até vestibular para o curso de Letras deixara que ela prestasse, e, não fossem tantas as greves da universidade, poderia até estar formada. Só não aprovara muito a tal psicoterapia de grupo que ela inventara nos últimos tempos, pois, afinal, era um homem público e não podia arriscar suas intimidades.

Seu grande sentimento pela esposa era o respeito, que fazia questão de alardear perante os amigos, a cada vez que se via questionado em suas andanças outonais.

A esposa é intocável! As outras mulheres existem para o desfrute, mas a esposa é a santa companheira na organização da casa, nas doenças e, principalmente nos aborrecimentos das campanhas eleitorais. Até já prometera a ela uma viagem à Europa, coisa com que ela sonhava desde que se casaram. Algum dia teria tempo para levá-la, mas, por enquanto, confiava que, a cada programa internacional, ela tivesse prova importante na faculdade, doença de algum filho ou aniversário de neto, para que ele continuasse fazendo suas viagens em companhias mais apetitosas, já que, afinal, era um homem saudável, embora a próstata já começasse a incomodar.

... Como ela dormira mal, acordara cedo e descera para sua caminhada matinal. Estava meio esquisita, com peremptória ainda bocejando dentro dela. A grama parecia úmida, apesar de não ter ouvido barulho de chuva durante a noite. Pensou que não poderia se demorar, pois tinha aula às oito horas; até que, enfim, a UNB acertava os semestres atrasados com tanta greve.

Parada em frente a seu prédio, que em Brasília se chama Bloco, estavam esquisitos: ela e o tempo, que não conseguia ter um sol. Hesitando entre fazer a caminhada ou voltar para o apartamento, percebeu que segurava um joelho de porco nas mãos. Decidiu prová-lo, mas não estava bem cozido, o toicinho meio cru, embora o joelho se partisse fácil. Achou que podia fazer mal comer daquele jeito e discretamente jogou aquele joelho de porco na grama, preocupada que alguém visse aquele seu ato irresponsável. Escondeu a mão no bolso e encontrou dois comprimidos que distraidamente colocou na boca. Estava mesmo muito estranha, fazendo coisas como que movida por uma decisão que não lhe pertencesse. Teve medo de se engasgar com os comprimidos secos e decidiu, de uma vez por todas, voltar para o apartamento, beber um copo d'água e colocar a vida nos eixos costumeiros. Mas um carro esporte amarelo entra em alta velocidade no estacionamento, e dele salta um homem moreno, alto, todo vestido de jeans, que a acompanha até o elevador. Ele fala com ela numa língua estranha cujos fonemas ela reconhece, mas não entende a idéia; ele aperta o botão do quinto andar e ela pensa que deve ser amigo do vizinho. Entretanto, aquele homem toca é a campainha de seu apartamento, mas quando a porta se abre, o ambiente é outro, assim como as pessoas que recebem aquele estranho. A errada está sendo ela que deve ter entrado por engano em outro prédio.

Desce novamente e vai conferir a letra de seu Bloco, mas, então, a quadra nobre dos Deputados está estranhamente diferente, nada tendo a ver com o projeto urbanístico de Lúcio Costa. Começa a ficar angustiada, pois tem aula às oito e não está conseguindo chegar a sua casa.

Resolve então procurar algum porteiro para que a ajude a encontrar seu endereço, não que esteja velha a ponto de se extraviar, só cinqüenta e dois, que ninguém dá, mas aquilo está ficando mais emaranhado a cada momento. Encontra um nordestino e o agarra pelo braço suplicando "me leve ao bloco C, apartamento 502, que eu não estou conseguindo chegar até lá". Ele até se dispõe, mas avisa que a sogra dele está doente e que precisa voltar logo.

De braços dados, ela e o porteiro nordestino, que agora é sua bússola, entram numa pequena casa onde são recebidos por uma mulher humilde. Há uma grande mesa redonda no centro da pequena sala, ocupando quase todo o espaço, e a mulher lhe diz que ela está precisando é de um passe. Várias pessoas se colocam ao redor da mesa e ela constata que vai acontecer uma sessão espírita.

Agarra-se com força ao seu porteiro-nordestino-bússola-e-farol, saindo estonteada dessa casa e imaginando que tudo pode ser efeito dos comprimidos que engoliu sem água, e, sendo assim, precisa ser levada ao hospital. Pede ao farol que chame um táxi, mas as ruas são tão estreitas que não cabe táxi nenhum e ela continua agarrada ao braço do porteiro nordestino que precisa voltar para a casa porque a sogra está doente.

Perdida nas brumas, ela vai se conformando em nunca mais voltar; até queria ver aquela família funcionando sem ela; a nora metida – no grupo de terapia falavam "pentelha"' –, as filhas moças que evitavam aproximar-se dela na universidade, a filha mais velha brigando por causa da vez em que ela fez lipoaspiração e não pôde cuidar do neto no fim de semana, o marido urinando de pinguinho e disfarçando que não era nada, quando ela insistia na operação da próstata, e ela vendo as manchas de batom nas camisas que a lavadeira indiscretamente lhe mostrava. Poderia enfim parar de prender tanto aquele cabelo, que quando solto incomodava a família, porque ficava parecendo muito mais moça, ainda mais com aquele sorriso que não conseguia envelhecer.

... O despertador do sonho acorda essa mulher. Ainda há estrelas. Mais uma vez ela chegou mais cedo. No aconchego da cama, ela se reúne com todas as outras que ela já foi, para juntas celebrarem o milagre da ressurreição. Fica sentada observando o esmaecer de Vênus, à medida que o horizonte se matiza em névoa luminosa. Essa mulher amanhece; tem o gosto do dia e metaboliza auroras. Agora ela é assim, como outrora já foi o roxo do poente e o naufrágio do dia. Essa mulher já foi a noite em todos os gemidos, em todos os mistérios, em todos os luares. Agora ela é a alvorada: um amanhecer de outono com folhas douradas e frutos maduros.

... Como sempre, nos últimos tempos, despertara antes do sol. Gostava de caminhar até a margem do rio, descendo pela trilha que seus passos criaram, desde que fincara estacas naquele endereço. Caçador late e abana o rabo, correndo na frente, parando adiante, se enroscando entre seus pés; o primeiro companheiro que a adota e a segue por onde vá. Caçador a contém, a caça que escapole da grande caçada, decidida a se dar o direito de escolher outra vida, vestida como uma mulher que não precisa mais se disfarçar. O rosto está esculpido em linhas lúcidas e os cabelos escaparam da guilhotina do tempo. Estão longos e soltos, sem precisar pedir desculpas, e o grisalho das têmporas proporciona a leveza que o castanho precisa para aprender a voar.

A pele da água é transparente e reflete a mulher que, a cada dia, amanhece pousada num movimento inclinado, brotando da areia em forma adquirida lenta e longamente, através de luas e sóis. Permanência garantida pelas raízes e pela teia de orvalho circundante; como no sexto dia de uma mutação. E já faz muito tempo. Agora ela também faz parte, como o rio, como a paisagem, como o cachorro que a recebe ao caminhar sem pressa à procura de uma moradia. Caçador se apresenta e não admite despedidas. Esteve sempre à sua espera.

... Estava no trem pensando – qualquer semelhança, com pessoas ou situações reais, é mera coincidência –: é o escudo que protege as pessoas que têm medo de dizer a verdade. Ficou ainda refletindo que, se não quisesse usar esta justificativa, não usaria, pois já não havia necessidade de eufemismos. As pessoas envelheceram e a idade acaba transformando as criaturas em propriedade pública; os homens mais ou menos obesos e hipertensos, e as mulheres envolvidas com netos e calores da menopausa.

Enquanto espera pela sua estação, vai dedilhando epigramas:

> "... estar em algum lugar, onde eu possa amanhecer sozinha e ir em busca do primeiro gorjeio. E, no ponto de partida do dia, sintonizar o grito à flor da pele, liberta da possessividade conjugal..."

Depois fazia declarações:

"... meu tempo é vinte anos. Casei com vinte, amanheci aos quarenta, com sessenta envelheci. Nasci vagantemente nos oitenta. Com cem anos, oxigenei os cabelos. Quando quis ir embora, escapei pela frincha das palavras, sem ter dó. Mas chovia na palavra onde eu andava.

... não conheci um homem. Não sei o que planeja nem no que acredita. Do que sente, quando sozinho e lúcido, talvez eu imagine; sua teia, sua trama, e o menino escondido no arco-íris. Preciso descobrir essa outra espécie que me completaria".

Ao colecionador de lixo:

"... estou embebedada de um caminho líquido, que me escorre entre as frinchas, me deflora entre limos, que me afoga entre as coxas. Que me morde, que me dorme, que me morre. Are we able to study magic...

... mas o cacho de pensamentos não está madurado. Só balança no galho quando o vento passa. Estão ácidos os pensamentos se forem colhidos antes de o tempo ser completo. Faz frio onde ele fica. O cacho de pensamentos precisa de um calor para poder sazonar sua doçura escondida e medrosa..."

... Os médicos tranqüilizaram que, após a lavagem estomacal, ela dormiria mais algumas horas e só depois estaria liberada para o retorno ao lar. Ficar no hospital, nem pensar, decretou o marido, que a notícia poderia se espalhar, justo agora, na reta final das eleições.

Em casa não estranharam, pois a mãe costumava se queixar de insônia e, naquela lerdeza de sempre, deveria ter engolido todos os comprimidos, sem perceber. Mas felizmente estava tudo sob controle.

Apesar de ela ter ingerido uma cartela inteira daqueles barbitúricos, os exames clínicos não apresentavam qualquer justificativa para aquele torpor comatoso. A pressão arterial estava normal, a respiração serena. Mas e aquele sono de quem finalmente se decidira descansar?

Quando finalmente voltou para casa, já era meio-dia de muitos dias seguintes, mas a família almoçava como se nada houvesse acontecido. Como ninguém se desse conta, ela sentiu ser chegado o momento e, rebuscando nas entranhas a fala sufocada, gritou peremptória! saltando no abismo de mãos estendidas...

Que coisa estranha, pensou Belissa, a mãe deve ter copiado esses escritos de algum livro, mas por que escondera a agenda no fundo daquela gaveta? Aliás, só encontrara a agenda porque decidira fazer uma faxina após a missa de sétimo dia.

Pensou em mostrar aos irmãos, mas depois desistiu; é melhor deixar que os mortos descansem em paz.

A família continuou muito bem, obrigada, só a filha mais velha reclamando: ah, que falta a mãe vai fazer. Agora vou ter de procurar outra pessoa para tomar conta das crianças nos fins de semana.

História de mulheres na TPM

(ou: "O feminino assustador")

Os tabus que sempre cercaram a condição feminina estão ligados à sexualidade, aos humores e aos mistérios do sangue.

Um texto maravilhoso, citado por Bárbara Black (1997) no primeiro capítulo de seu livro "A Tecelã", diz o seguinte: "Imagine um ser que sangra, mas não está ferido. Imagine um ser que sangra por quase toda a vida mas não morre desse sangramento. Será uma criatura mágica, mítica, ou apenas uma mulher? Ou ambas as coisas? Será que tal criatura pode ser apenas mulher? Há aqui certo respeito do qual os homens nada sabem, mas as mulheres devem saber alguma coisa".[31]

Convidada a participar de uma Mesa Redonda sobre saúde, enfocando a sexualidade feminina em suas verdades e em seus tabus, decidi-me por lançar um outro olhar sobre a sexualidade da mulher.

---

[31] Palavras de uma mulher nobre da Abissínia, a um antropólogo, em 1899.

Quando se coloca em pauta um tema para ser discutido, utiliza-se uma determinada linguagem, que conduz o raciocínio, e se chega às conclusões a que se propõe. A sexualidade feminina, quando colocada fora da linguagem dos folhetins, quase sempre tem sido abordada pela linguagem da ciência médica ou das ciências sociais, cada área apresentando sua visão compartimentalizada a respeito do objeto de estudo.

Decidindo-me por lançar um novo olhar, busquei o olhar do mito, que surge de uma outra linguagem, a linguagem da "causa primeira", ou seja, o olhar que desce além dos limites aonde chegaram a Razão e a Ciência.

Uma das afirmativas antológicas de Jung é de que hoje, se quisermos encarar os deuses, não é ao Olimpo que devemos retornar, mas sim voltar o olhar para a psique humana, para os relacionamentos e para as emoções.

Introduzindo a teoria do inconsciente coletivo constituído por pulsões herdadas por todas as criaturas, Jung conclui que tais arquétipos, como ele chamou os afetos basais, manifestam-se através das mitologias, e, assim, embora com roupagens diferenciadas, as forças arquetípicas se fazem presentes em todas as épocas.

A sexualidade como instinto é uma dessas experiências comuns a toda a humanidade, estando ligada à reprodução da espécie. Sua vertente mítica se configura nos deuses da fertilidade. O deus Fallus, um deus da antiguidade, mais conhecido por Priapus e identificado por seu pênis descomunal, é um dos muitos deuses da fertilidade impessoal. Sua natureza surge como um poderoso impulso vindo de dentro, fluindo rapidamente com o desejo de estabelecer contato com outro objeto – quer seja uma idéia, uma imagem ou uma pessoa. O desejo de Fallus é sempre penetrar num reino desconhecido, sendo portanto necessário para toda iniciativa humana. É força geradora de vida, puro desejo, e está em constante movimento; curioso, impulsivo, explosivo, ousado, mas incapaz de qualquer comprometimento. Transbordante de alegria com seu próprio poder e pronto para usá-lo contra tudo que ameace detê-lo, o impulso fálico não tem consciência nem a menor preocupação em conservar ou nutrir relações humanas. Em sua forma pura tende a violentar e, em última instância, destruir o objeto de sua fascinação. Em sua ânsia de fertilizar e criar novas formas, não tem preocupação alguma com as limitações humanas.[32]

Outras divindades cantadas por Hesíodo na Teogonia, como Urano, Cronos e Zeus, são também figuras que expressam o lado fálico da sexualidade, como deuses da fertilidade impessoal, seguindo apenas o impulso de penetrar e explorar, sendo o elemento feminino apenas o receptáculo do sêmen. As primeiras deidades femininas são Grandes Mães, cuja significação única é serem o vaso da fertilidade, gerando uma prole já adulta, sem implicações de vínculos de qualquer espécie. Ciclopes, Gigantes, Hecatônquiros e Titãs são frutos desse acasalamento primevo.

A sexualidade erótica, ou seja, aquela que traz o desejo de fundir-se, unir-se, buscar um parceiro, é inaugurada, no tempo mítico, com o nascimento de Afrodite. Hesíodo a

[32] STEIN, Robert. *Incesto e Amor Humano*, Editora Símbolo, SP, 1978.

apresenta nascida das águas do mar cobertas pela espuma do sêmen expelido dos testículos de Urano, após a castração pela foice de Cronos.

A partir de Afrodite, a sexualidade torna-se uma fonte de prazer e de gozo, sendo a concepção apenas uma conseqüência do desejo ardente que estas forças primitivas ateiam nas entranhas de todas as criaturas. A contraparte feminina do ato sexual abandona a passividade de mera receptora do sêmen para se tornar também participante do ato. Desde então, deuses e deusas se apaixonam, estendendo-se o impulso passional entre divindades e mortais. O homem e a mulher, enquanto criaturas, são introduzidos na intimidade dos deuses, através do desejo sexual, dando início à geração dos Heróis.

Como herdeiros da paixão dos deuses, os seres humanos buscam, pela vida adentro, a embriaguez dos sentidos através da união sexual, e quanto mais a mulher se insere como sujeito participante do gozo, mais sua sexualidade passa a ser objeto de repressões, sofrendo a mais severa represália, a partir do advento do cristianismo, tendo seu ponto persecutório extremo na Idade Média, com a instauração dos tribunais de caça às bruxas.

Para o Santo Ofício, a sexualidade é admitida apenas como fator necessário à procriação, e se cultua o feminino em sua face maternal, na figura da Virgem Maria. Toda experiência sexual que não vise imediatamente a procriação é considerada estéril e, por isso, amaldiçoada, estando incluídas nesse índex as práticas masturbatórias e as relações homossexuais.[33]

[33] Koltuv, Bárbara Black. *O Livro de Lilith*, Editora Cultrix, SP, 1997.

A bruxa é talvez a mais clamorosa personificação que a consciência patriarcal, liderada pelos padres da Igreja Católica, criou em torno dos mistérios femininos, ligados à sexualidade e aos mistérios do sangue. O espectro da bruxa se alastrou na Europa medieval, como uma doença, um delírio paranóico, criando os processos da Inquisição e a condenação de mulheres às fogueiras. A mulher tornou-se um flagelo para os inquisidores, que reativaram mitos arcaicos sobre a bruxaria, em que os pactos com o demônio eram assinados com o sangue menstrual, e as bruxas, nuas e menstruadas, corriam nove vezes ao redor de alguma casa ou propriedade que desejassem amaldiçoar. Nos mosteiros, a mulher era considerada o ser maldito, temido como elemento de tentação, pronta a arrastar os homens para o inferno através da luxúria.

Assim, desde sempre, a sexualidade feminina, com todos os tabus que a cercaram, está intrinsecamente ligada a seus ciclos lunares, aos mistérios do sangue, conhecidos cientificamente como ciclos menstruais. Somente através de uma compreensão adequada do arquétipo da lua podemos entender o significado da consciência matriarcal e do ser feminino.

A lua freqüentemente aparece como símbolo do inconsciente em geral. A relação entre o tempo da lua e o domínio da lua sobre o tempo só se torna clara quando buscamos o seu significado temporal no reino cósmico-mitológico, ou seja, no seu efeito sobre a psique do indivíduo.

Obviamente, é no feminino que a natureza e a periodicidade da lua se manifestam de maneira particular. Erich Neumman (1954), em "História da Origem da Consciência", considera que o primeiro estágio evolutivo da psique é regido pelo arquétipo da Grande Mãe. Desse arquétipo fazem parte todas as experiências ligadas à vida psicobiológica, da qual fazem parte o corpo, as emoções, os desejos, os sonhos, a criação em todas as nuances. Seus símbolos são ligados à noite, à lua, aos mistérios, à magia e ao feminino. A mulher, portanto, não está ligada à lua apenas através da mudança mensal, vista como instabilidade ou capricho, mas por sua própria 'mentalidade' feminina total, permeada pelo arquétipo lunar. A periodicidade da lua, com seu pano de fundo noturno, é símbolo de um espírito que cresce e mingua, conforme os processos obscuros do inconsciente... "Um cunho musical, de natureza orgiástica, faz parte dos envolvimentos mais profundos e das alturas superiores do ser feminino", diz Neumman; "como na música, há uma emoção que conduz à desintegração e uma experiência simultânea de harmonia, que se combinam de acordo com uma lei eterna e invisível".

A consciência, regida pela Grande Mãe mítica, permanece vinculada ao encantamento da lua mutável. Nesse nível basal, o entendimento não é um ato do intelecto que funcione como um órgão de registro rápido, descobrimento e organização, como na consciência patriarcal. Tem, antes, o significado de concepção. Qualquer coisa que deva ser entendida deve primeiro "entrar" por inteiro na consciência matriarcal, no sentido simbólico, pleno e sexual de uma frutificação. Deve esperar que o tempo amadurece, enquanto a compreensão, como uma semente, também amadurece com ele. Como a lua, sua iluminação e sua luminosidade estão ligadas ao fluxo do tempo e à periodicidade. Nos rituais e nos cultos, a espera é idêntica ao ato de circundar, à *circumambulattio,* o andar em volta. Esse padrão de consciência tem dificuldade para entender sem primeiro "perceber". E, aqui, perceber significa *conceber,* dar à luz; significa submissão e uma interação como a da mãe com o feto, durante a gestação. Há muito sentido no ocultamento desses momentos de concepção, que são vitalmente importantes. O crescimento necessita de imobilidade e quietude, de ausência de ruídos e luz. Não é sob os raios do sol, mas na luz refletida da lua, que o processo criativo se completa. O momento da procriação requer escuridão e silêncio, segredo, mudez e ocultamento.[34]

Em um momento em que todas as áreas do conhecimento cerram fileiras em torno da questão de gênero, ou seja, a igualdade de direitos entre os sexos, é preciso que sejam reavivados na consciência coletiva os mistérios do sangue, ou seja, o mistério e a magia que regem as diferenças entre homens e mulheres.

O feminino, em sua profundidade, está ligado às transformações cíclicas, dentro do movimento circular da vida, enquanto o masculino se expressa na linearidade, na busca de metas específicas.

Em um nível biológico básico, homens e mulheres são diferentes, e essa diferença, advinda exatamente do sangue menstrual, é o selo que insere a menina nos mistérios femininos. Mistérios que, num passado não muito remoto, ainda mantinham as mulheres segregadas, proibidas de tocar na comida dos homens durante os períodos de sangramento, tidas como imundas e portadoras de malefícios.

---

[34] NEUMAN, Erich. "A Lua e a Consciência Matriarcal", in *Pais e Mães*, Editora Símbolo, SP, 1979.

O sangue menstrual guardava o poder maléfico de despotencializar o homem que se sentasse no mesmo lugar onde se sentara uma mulher menstruada, e, nesta *circumambulatio*, vamos percebendo que essa natureza lunar torna a mulher um ser humano diferente.

Voltando ao fio condutor de Bárbara Black, lua e sol são os dois símbolos da consciência humana, pois se referem aos dois grandes movimentos: introversão e extroversão.

A consciência patriarcal supervaloriza o mito solar, a extroversão, característica do arquétipo do masculino, enquanto negligencia o mito lunar, marca da energia feminina. Todavia, o Alcorão sabe que ambos, sol e lua, são sinais de Deus, e que têm o mesmo valor. Quando a prece é oferecida no *ayala*, o terceiro momento da noite, a noite mais escura, Alah desce para o Paraíso Divino Inferior (o andar de baixo), aproximando-se mais da humanidade, de modo a poder ouvir as preces dos seres humanos.

No nível da consciência, enquanto o sol reflete a produtividade, a objetividade, a lua e o ciclo lunar interior estão intimamente associados à subjetividade e à criatividade. Por suas características veladas e ocultas, a lua é um aspecto basal da natureza feminina, mas, para ter acesso a esse nível dentro de si mesma, a mulher deve, em primeiro lugar, reconhecer que há de fato um mistério, que deve ser abordado com uma atitude de reverência religiosa. É necessário entender essa linguagem sutil, pois ela não é a linguagem clara e racional da mente, muito menos da ciência. É feita de intuição e pressentimentos e está além do controle individual, pois que mora no seio da natureza.[35]

Nos mistérios primordiais da mulher, ou seja, no processo de ferver, cozer, fermentar, assar, o amadurecimento, "o ponto" e a transformação estão sempre ligados com um período de espera. O ego da consciência matriarcal costuma permanecer quieto até que o tempo seja favorável, até que o processo esteja completo, até que o fruto da árvore lunar tenha amadurecido e ficado como uma lua cheia, isto é, até que a compreensão tenha nascido do inconsciente.[36]

Um grupo de sete homens e sete mulheres (fenômeno raríssimo em grupos terapêuticos), procurando vivenciar suas semelhanças e diferenças através de ritos mitodramáticos, criou, como síntese do trabalho, uma lenda que tratasse das diferenças específicas de cada sexo. Cabe aqui a lenda criada e dramatizada pelo grupo de mulheres a respeito de sua condição feminina:

> Era uma noite de luar e as estrelas não conseguiam aparecer no céu porque a noite estava muito clara. Então elas decidiram descer à terra, para uma caverna escura, onde a luz de cada uma pudesse aparecer. E, assim, tornaram-se mulheres.
>
> Eram sete estrelas e sete tempos de vida diferentes. Cada uma delas tinha uma tarefa na terra: tecer, plantar, colher, parir, alimentar, cuidar, festejar.

[35] Koltuv, Bárbara Black. *A Tecelã*. Editora Cultrix.
[36] Neuman, Erich. Op. Cit.

Tendo encontrado seus nomes, "Flor do Campo", ao amanhecer, partiu para o campo, para preparar a terra e semear. Escolheu cuidadosamente as sementes e plantou-as. Pacientemente, a estrela responsável pela colheita olhava sua irmã plantando e esperava a sua vez.

Mas uma grande chuva caiu sobre os campos semeados e ameaçou o desenvolvimento do que fora plantado. Os deuses da chuva não estavam benevolentes e era preciso que se fizessem oferendas para que o sol voltasse a brilhar e as sementes pudessem continuar germinando.

A estrela Anciã então convocou o grupo, para que pudessem, de alguma forma, abrandar os deuses da chuva, e a cada uma coube fazer uma oferenda.

A mais menina ofereceu os festejos; a Tecelã levou as mantas e ofereceu aos deuses. Assim elas puderam agasalhar a terra, a fim de que ela secasse e recobrasse a fertilidade, deixando de ser o grande pântano escuro e improdutivo. Durante todo esse processo, nenhuma das outras estrelas deixou de fazer a sua parte e assim passar seus ensinamentos à humanidade. Mesmo que a terra ainda não desses frutos, as mulheres continuaram parindo. A prova disso é que a parteira estava sempre ocupada.

Com todos esses cuidados, o sol, compadecido, reapareceu no céu enxugando o excesso de água, propiciando a germinação das sementes e o crescimento das plantas.

Durante a calmaria, os deuses da chuva lançaram o desafio: procurem pela flor mais bela e rara; seu nome é Lírio do Amanhecer!

Lírio do Amanhecer era a criança ainda não nascida, que viria trazer a boa-nova para aquele povo, mas ninguém sabia onde encontrá-la.

O povo então se reuniu e foi para o alto da montanha, onde encontrou um lírio branco que, quando tocado pela estrela Anciã, transformou-se em uma criança. As estrelas da terra seguiram na frente, seguidas pelo povo da aldeia, carregando Lírio do Amanhecer.

Pedra Rolada, a estrela matutina, a que traz a esperança do novo dia, reconheceu como seu filho, e de todas as mulheres daquela tribo, aquela criança divina, que brilharia como fonte da nova vida, para todos os que estivessem sofrendo.

Seixo Brilhante, a irmã caçula, responsável pelos festejos, fez tudo para abrilhantar a chegada da criança querida por todos. Nos arredores da aldeia, fez brotar as mais belas flores e os mais saborosos frutos, além de providenciar na natureza tudo o que pudesse trazer novos sons para abrilhantar a festa.

Depois dos festejos, todos se prepararam para verificar se as plantações já estavam prontas para a colheita, chegando até os campos, onde o milharal propiciou uma grande fartura.

Para entrar em contato com sua força feminina criadora, a mulher deve cobrir-se com mantos e véus, assim como a lua, que a cada noite, dentro de um ciclo regular, revela uma face de mistério, alterando-se a cada fase, escondida e velada algumas vezes, mas sempre controlando a maré das emoções e da energia.

O tempo lunar consiste em um processo cíclico de mudanças, que incluem transformações periódicas, com aumentos e diminuições que influenciam na vida de uma mulher, assim como as fases da lua influenciam os ritmos da natureza (a semeadura, as colheitas e o fluxo das marés). O tempo lunar tem períodos e ritmos, cresce e mingua, é favorável ou desfavorável. Como o tempo que rege o cosmos, rege também a terra, o feminino e todas as coisas vivas na natureza.

A lua crescente, assim como a lua minguante, a lua cheia e a lua nova, é mais que uma medida de tempo. É um símbolo de uma qualidade interna e externa da vida e da humanidade. Podemos claramente associar o caráter arquetípico das fases da lua à força mutável de suas radiações, pois estas são centros de vibração que, dentro e fora, pulsam através do mundo. A lua nova e a lua cheia foram os primeiros tempos sagrados. A lua nova, como a vitória do dragão da noite escura, foi o primeiro tempo mítico de escuridão e maldade. Além disso, a semeadura e a colheita, o crescimento e a maturação, o êxito e o malogro de todo empreendimento e de toda ação também dependiam da constelação do tempo lunar cósmico, nos diz Neumman (1979) em seu artigo "A Lua e a Consciência Matriarcal".

Conforme o estágio de seu ciclo lunar, a mulher desenvolve uma instabilidade de humor em que todas as questões são relativas e inter-relacionadas, estando certas, em alguns momentos, e erradas, em outros, pois que o tempo lunar é pleno de subjetividade, ao inverso do tempo solar com sua racionalidade objetiva.

Quando a mulher se torna consciente da lua interior, é capaz de se aproximar das múltiplas facetas da deusa que há dentro de si e assim começar a conhecer a si mesma. E isso vai acontecer no momento em que, conscientemente, se dispuser a contemplar as necessidades interiores de sua vida instintiva, respeitando-se a cada ciclo.

Assim, o início do ciclo lunar é como a lua crescente, que vai aumentando, fabricando estrógeno e trazendo impulsos de iniciação, construção, energia, forte desejo sexual e uma disposição de ânimo ascendente, voltada para o exterior. É a face crescente de Ártemis, a deusa lunar em todo o seu resplendor. Nessa fase do ciclo, a mulher é inquieta, agitada, detesta ficar parada, procura sempre algo com que se ocupar, cheia de iniciativa e determinação, mas também pode se mostrar doce e meiga quando se trata de seduzir um parceiro. Não passa nunca despercebida, pois emana um mistério a ser desvendado. "Sugere um aspecto de possibilidades não reveladas, mas pressentidas, de promessas ocultas, de anúncio de crescimento, de riqueza e prazer."[37]

É uma excelente época para empreendimentos, para projetos que exijam raciocínio lógico e objetividade.

No meio do ciclo, a ovulação, época da lua cheia. O sentimento erótico está no auge, realçado por uma poderosa receptividade tensa de desejo. É a época dos orgasmos amorosos, abertos, fáceis. É a fase lunar da Grande Mãe, manifesta nas deusas personificadoras deste arquétipo. Ora Deméter, ora Afrodite, as mulheres sentem-se fortes e confiantes. Os níveis de estrógeno são altos e os de progesterona aumentam rapidamente. Psicologicamente, há uma intensificação das tendências receptivas que representam uma preparação para a fecundação. É uma época para se trabalhar em projetos iniciados anteriormente, para criar com a alma, para fazer contato com os desejos, assim como também uma boa época para se estabelecerem relações. "A lua cheia está ligada à imagem da fertilidade e da abundância, da impregnação da força vital."[38] É a fase de concretizações.

---

[37] Cavalcanti, Raissa. *O Casamento do Sol com a Lua*, Editora Cultrix, SP.

[38] Cavalcanti, Raissa. Op. Cit.

Então, de repente, uma semana depois, os níveis de estrógeno e progesterona declinam rapidamente, e o lado escuro da lua desce sobre a mulher. É a face de Hécate, de Lilith, deusas primitivas portadoras de medos e pavores. Na mitologia nagô, Nanã é a deusa dos mistérios da vida e da morte. “Nanã se assemelha a Hécate nas suas funções de regente dos aspectos misteriosos das passagens difíceis, da entrada em caminhos tortuosos da auto-transformação. [...] Hécate habita as grutas e as cavernas, e, para sermos fertilizadas pelas sementes da criação, temos que visitar sua morada. [...] A lua minguante e a nova são o próprio declínio das coisas. [...] Levam consigo segredos, provavelmente nunca revelados. [...] A lua minguante nos faz penetrar no mundo das sombras, do desconhecido, da não-volta. Traz terror e fascínio ao mesmo tempo. É a sedução do oculto sobre nós. [...] Ela é ambígua, mostra o belo e o feio ao mesmo tempo, o bom e o mau, o positivo e o negativo. Excita e deprime, dá alegria e tristeza.”[39]

E essa face da lua se expressa através das deusas dos mistérios, pois é esse o momento lunar mais negado no psiquismo da mulher, estando severamente vigiado para que não se manifeste. Essa repressão faz brotar de maneira abrupta os aspectos instintivos que contêm uma energia poderosa e incontrolável.

Depressão, desespero, raiva e temores são freqüentes, pois todas as forças primitivas irrompem de dentro de nós.

[39] Cavalcanti. Op. Cit.

As mulheres sentem tensão, raiva e urgentes necessidades sexuais, ao mesmo tempo em que afugentam os parceiros com seus gritos e sua impaciência.[40]

O reconhecimento do aumento da tensão pré-menstrual remonta aos tempos de Hipócrates, na Grécia Antiga, sendo hoje reconhecido como uma "doença", a TPM, e não como um fato mensal próprio da natureza feminina.

A necessidade de a mulher desejar cuidados especiais e se recolher em certos dias de seu ciclo é reconhecida e respeitada nas culturas primitivas. Nessas culturas, a mulher menstruada tem seu espaço de recolhimento nas "cabanas da lua", ou "tendas vermelhas".

A fase pré-menstrual é um período propício ao afastamento, ao recolhimento, à introversão; é a época de a mulher mergulhar em si mesma, nessa gruta interior.

As mulheres tribais sabem respeitar os ciclos naturais. Elas simplesmente se sentam sobre seu sangue e esperam, refletindo sobre suas próprias feridas, tornando-se curadas e nutridas. A lua é a tecelã das marés e, durante o tempo da lua, as mulheres tribais, no interior da cabana, sentam-se sobre o musgo, que é o absorvente mais antigo que existe, e dão com alegria seu sangue à terra, compartilhando entre si as visões, os sonhos, as experiências e as habilidades mútuas.

As meninas são iniciadas antes do primeiro fluxo menstrual, aprendendo a reconhecer os ciclos da lua e a se tornarem também tecelãs das marés. A cada menina é transmitido

---

[40] Koltuv, Bárbara. *A Tecelã*, Editora Cultrix, SP, 1997.

o conhecimento do que significa ser mulher, e elas são ensinadas a respeitar o próprio corpo e as próprias necessidades.

Há uma lógica lunar para a necessidade periódica de a mulher fugir para a cabana e para a solidão. Na escuridão da lua, ali no deserto, distante das críticas e das formas tradicionais, a mulher pode entrar em contato com a elementar natureza feminina em seu íntimo, o que tende a ocasionar um processo natural de cura. A mulher que se retira pode trabalhar naquilo que seja necessário para o próximo giro da roda. Esse sentar-se sobre a própria natureza feminina, assim como o processo introvertido simultâneo, produz uma mudança psicológica interior.[41]

A introversão, a ida para dentro, e um afastamento de um sistema de valores solares, ou patriarcais, pode ser uma época de auto-restabelecimento, criatividade e espiritualidade. É uma época de mistérios femininos.

Se a mulher tomar parte no processo de forma consciente, haverá grandes benefícios; se não tomar, ou seja, se continuar exigindo-se atividade e produtividade solares, sentirá a ira furiosa da deusa, em dolorosas conseqüências.

A mulher que está conscientemente ligada a seu ciclo lunar interior continua a trabalhar e se relacionar com os outros, a viver sua vida, mas estabelece a ligação a partir de um lugar diferente, mais escuro, mais profundo. Não

[41] Sams, Jamie. *As Cartas do Caminho Sagrado*, Editora Rocco, SP.

se trata de nenhuma doença, trata-se de um evento cíclico necessário, que ocorre naturalmente, é biologicamente determinado e culturalmente benéfico.

Carregar um conhecimento e permitir que ele amadureça significa, ao mesmo tempo, aceitá-lo e assimilá-lo, forma de atividade típica da mente lunar feminina, que não deve ser confundida com submissão passiva ou flutuação ao sabor da corrente. Não se deve a nenhuma incapacidade de ação, mas a uma consciência de rendição a um processo em que não se pode fazer nada, apenas deixar acontecer, entregando-se livre e espontaneamente aos elementos numinosos da natureza. Esta é uma sabedoria que não é especulativa, mas aproxima-se da natureza, ligando-se ao destino e à realidade viva. A sabedoria lunar da espera, da aceitação e da maturação admite todas as coisas dentro de sua totalidade, transforma-as e, ao fazê-lo, transforma-se a si mesma.

História de ficar velha

(ou: Cai a Ficha)

A VELHICE É O bicho-papão que persegue as pessoas quando começam a deslizar nas corredeiras dos anos intermediários entre a meia-idade e a senectude, escolhendo principalmente as mulheres como suas primeiras vítimas. Uma poderosa discriminação social pesa sobre a mulher que envelhece. Enquanto para os homens, algumas rugas e cabelos brancos são atrativos sinais de maturidade, provocando suspiros tanto em moçoilas quanto em mulheres de mais idade, esses mesmos sinais, nas mulheres, indicam decadência e final de linha. Há toda uma indústria de cosméticos lucrando com o conflito deflagrado por esses sinais discriminadores, a ponto de a mulher que não pintar os cabelos ser considerada relaxada. Aquelas que seguem obedientemente a cartilha de "parecerem jovens" a qualquer custo são cumprimentadas com adjetivos tais como "inteiraça", "bonitona" e outros horrores.

Uma mulher, em seu primeiro susto ante a constatação de que o bicho-papão estava a seu encalço, assim se expressou:

Estou diante de um guichê de cinema, levando meu neto para assistir, pela terceira vez, ao filme: "Tigrão – o Filme". Vamos os dois porque, segundo ele, nós não temos medo de cinema, só de foguete e trovão.

A simpática bilheteira me informa que ele, nos seus três anos, não paga ingresso e, solícita, pergunta-me se tenho carteirinha de terceira-idade. Respondo que não, e pago o ingresso inteiro. Três dias depois, num caixa de farmácia, ouço a mesma delicada interrogação sobre a tal carteirinha da terceira-idade.

Como a questão começou a ficar persecutória, comentei com minha filha as ocorrências, e ela tranqüilamente respondeu que é de praxe fazerem a pergunta, por causa do desconto a que a carteirinha dá direito. Eu que a imaginara tomada de indignação por aquelas subalternas me atribuírem uma velhice que eu não teria, simplesmente acha a pergunta natural...

É então que cai a ficha, ou, para ser mais objetiva, cai a bomba sobre a minha cabeça, ao constatar que, sem perceber, cheguei aos beirais do ponto sem retorno. Sou uma envelhecente, assim como um dia fui uma adolescente.

O primeiro indício de que nos estamos aproximando de um túnel, onde bem lá no fundo a velha nos espera, é a menopausa, mas como esta ocorrência já está desmitificada em todas as implicações de final de linha que lhe eram atribuídas no passado, nós mulheres passamos por ela de cabeça erguida, satisfeitas com nosso corpo, que não precisa mais se incomodar com uma gravidez inoportuna, e nosso cérebro em plena atividade produtiva, inseridas que estamos na força do trabalho. Sabemos que "algum dia" chegaremos ao tal túnel, mas ele é só uma metáfora para um tempo ainda distante.

O impacto só vai acontecer quando alguém indecentemente nos pergunta se somos aposentadas ou nos solicita uma carteirinha de velhice. Levamos um tranco, pois continuamos produzindo da mesma forma de sempre, aptas para o trabalho criador, com disposição maior que a maioria dos jovens.

O tranco que a pergunta produz faz-nos perceber que já devemos estar andando pelo meio do túnel sem nem termos notado o instante em que entramos nele, e, nem tão muito mais à frente, aquela velha nos espera de braços abertos. Sabemos que ela é uma parte nossa que vem a nosso encontro e que precisaremos abraçá-la também de forma lúcida.

Mas, e neste meio-tempo, quando não somos mais as jovens que éramos e ainda não nos tornamos as anciãs que nos tornaremos? Não existe nenhuma mitologia que nos ampare, assim como todos os contos de fadas terminam no casaram-se e foram felizes para sempre.

É pois uma tarefa exclusivamente humana construir este percurso sem nos fixarmos numa ditadura cosmetológica que promete a eterna juventude, nem nos deixarmos achatar por essa mesma ditadura de cunho paternalista, que nos empurra para os bastidores, ou nos confere um papel secundário, quando ainda estamos no centro da vida.

Se não temos mais a aparência de nossas filhas, também não atingimos ainda a idade de nossas mães. Estamos em plena envelhecência, da mesma forma que um dia, na adolescência, deixamos de ser crianças sem que de imediato nos tornássemos adultos.

Volto à questão inicial que é a minha, mas pode ser de todas as mulheres de minha geração: como me enquadrar neste território que ainda não conheço, se nenhum conto de fadas me apresenta uma rota segura para esta travessia. O que está reservado às mulheres envelhecentes? A sabedoria e os amigos, é a primeira resposta que me salta. Sim, mas como envelhecer com esta serenidade tibetana, nós que vivemos neste ocidente tiranizado pela juventude? Fico torcendo pelo milagre de que a rede Globo ou a revista Veja, os dois pilares do paradigma da imagem valorizada, dispunham-se a lançar manifestos sobre a importância de se conquistar a envelhecência como um troféu, e não mais apresentá-la como um final de linha, em que uma carteirinha terceiro-mundista funcione como prêmio de consolação.

Enquanto esse milagre não acontece, vejo no espelho duas rugas entre os olhos, bem no meio da testa. As rugas também me encaram desafiadoras. Serão elas os arautos desse envelhecimento, as batedoras que anunciam o juízo final? Penso, ponho botox nelas e elas somem, mas e se ficar com cara de museu de cera? É melhor deixar as rugas ficarem.

A flacidez do contorno do rosto só aparece em determinados movimentos, e devo ter feito algum desses tais determinados movimentos diante dos guichês da minha sentença. Mas, o pior de tudo, o mais indisfarçável, é o "código de barras", os vincos ao redor dos lábios, quando se para de sorrir. E como conseguir ficar sorrindo sempre diante desta sentença irrevogável?

Estou perdida e queria que alguém segurasse a minha mão e me dissesse que é tudo uma questão de ponto de vista, como num jogo de espelhos, e que logo alguém vai escrever um conto de fadas que poderá começar assim: era uma vez uma mulher que estava perdida e encontrou o caminho para si própria. Será?

Outra mulher, que também se achava perdida, desfia as seguintes considerações:

Nunca me senti velha, nem me vejo velha. Todavia, a velhice sempre foi para mim como uma sentença que fui cumprindo no decurso da vida. No princípio era leve; a filha mais velha, a neta mais velha, a sobrinha, a prima etc.

Aos quinze anos, a maioridade comprada pelo pai, na carteira de motorista. A identidade adulterada trouxe-me, aos quinze, meus dezoito anos. Poder dirigir carro e assistir a filmes impróprios eram o status que a irreverência de meu pai me conferira.

Mas o casamento, que só aconteceu aos vinte e três anos, começou a pesar por antecipação. Meninas interessantes se casavam aos dezessete, sendo dezenove o último limite. Depois dos vinte, só as destituídas de atributos físicos ou financeiros.

E eu era só inteligente. Ser a mais velha e a mais inteligente foi conferindo-me um poder que me compensava. Eu era o centro de todas as atenções; a mesa do barzinho onde eu me sentasse era sempre a mais concorrida. Todas as meninas queriam ser minhas amigas, pois os rapazes, atraídos por minhas "conversas inteligentes", disputavam os lugares. Até que, finalmente, aos vinte e três anos, o casamento me redimiu.

Hoje, muitas vidas à frente, sinto que uma velha me envolve num grosso xale de crochê. Me calça chinelos. Põe, em meus cabelos, uma teia de prata. Meu corpo vai adormecendo, a cabeça pendendo para um lado. O anonimato agora é meu signo ascendente. Ninguém mais me conhece nesta multidão. Quis cortar o cabelo muito curto. A bem da verdade, acho que o que eu queria mesmo era cortar a cabeça. Me decapitar por ter falhado em tudo quanto eu planejara...

Essa mulher, que toma hormônios e faz tratamentos cosmetológicos, está imersa na velhice, embora sua aparência física esteja dentro dos padrões desejados pela mídia. Ela está sofrendo de velhice, porque parou dentro de si, não admite que a vida tem muitas estações e que, mesmo depois de ultrapassada a do "ninho vazio", a vida pode continuar de forma plena e lúcida.

Como se considerou "salva pelo casamento", perdeu-se novamente a partir do momento em que o casamento chegou ao fim e os filhos bateram as asas. Não sabe o que fazer de si e não admite a possibilidade de começar a aprender a ser "uma em si mesma". O preconceito de ser "mulher sozinha" é ainda mais forte que todos os recursos da mitologia que lhe apontam este portal iniciático como estratégia de mudar o mundo.

Essas considerações sobre o sentimento de estar envelhecendo cabem como pano de fundo dessa história que é contada em múltiplas linguagens, por nossa cultura.

Segundo James Hillman, em seu estudo sobre a poética de uma vida longa, na meia-idade o nosso encontro com a velhice é prematuro, ainda não temos a percepção que nos permite examinar a fundo as imagens, de modo que as respostas que encontramos refletem principalmente os nossos temores. "Para *explicar* o envelhecimento, geralmente, recorremos à biologia, à genética, à fisiologia geriátrica, mas para *compreender* o envelhecimento precisamos de algo mais, pois, se ficarmos restrito a esse olhar, o envelhecimento passa a ser mediado pelas histórias que contam sobre ele; e a biologia, que é a primeira referência a ser consultada, considera o envelhecimento um processo que leva à inutilidade."[42]

Talvez a inutilidade precise ser olhada esteticamente e o envelhecer ser vivenciado como uma forma de arte, afirma Hillman, e suas reflexões sobre a inútil idade levam-me a Rubem

[42] HILLMAN, James. *A Força do Caráter*, Editora Objetiva, SP.

Alves, quando se refere à doença terrível e mortal que ataca jovens e adultos: a compulsão prática de serem úteis. Úteis como colheres, facas, vassouras, alicates, martelos, cuja única razão de ser é o que se pode fazer com eles, pois são ferramentas, meios, pontes, caminhos para outras coisas diferentes deles.

Em si mesmos não dão prazer nem alegria a ninguém. Mas o critério máximo de uma vida é a produtividade, a utilidade; todos querem ser úteis, todos querem ser ferramentas, todos querem morar ao lado de martelos, facas, vassouras, caminhos e pontes.

"Inutilidade... o cálice de licor que bebo, as ninféias de Monet sobre as quais se demoram meus olhos. O bonsai de que cuido. A pipa na mão do menino. A boneca no colo da menina. A mão querida que me toca. Não servem para nada. Não são ferramentas úteis para realizar tarefas. Nem são caminhos ou pontes... Quem tem essas coisas não precisa nem de pontes nem de caminhos, porque, com elas, cessa o desejo de ir. Não é preciso ir porque já se chegou lá, no lugar da alegria. O prazer e a alegria moram na inutilidade" (Rubem Alves, "As Cores do Crepúsculo").

Essas reflexões levam-nos a reconhecer a enorme diferença entre envelhecimento e velhice. Embora pareçam sinônimos, envelhecimento e velhice são fenômenos extremamente diferentes.

O envelhecimento é um evento natural dentro do processo evolutivo que rege os organismos vivos e, contra ele, só existe uma solução: morrer jovem.

Quem tem ou vier a ter uma vida longa vai experimentar todas as mutações provenientes da adaptação do organismo às condições biológicas próprias de cada etapa. Isso é um movimento natural que pode ser desfrutado com naturalidade e graça, se não for contaminado pela doença social chamada velhice.

Enquanto o envelhecimento configura uma evolução, velhice é a conseqüência de estagnação, e não está necessariamente ligada ao envelhecimento. Pode-se sofrer de velhice em qualquer idade, a partir do momento em que se perca o encantamento pela vida. Velhice é imobilidade, é rigidez, é impermeabilidade à beleza e à magia da existência.

O envelhecimento, por sua vez, traz, como benefício primeiro, esta experiência que é fundamental na vida de todo o ser humano: a experiência da inteireza.

Desde que nascemos, somos incluídos em grupos que vão definindo nossos papéis no decorrer da vida e nos modelando de tal forma que, diante da pergunta: quem sou eu?, respondemos imediatamente com algum rótulo: filho de alguém, mãe de, esposa de, até que na idade mais avançada nos tornamos um dado estatístico, sendo considerados apenas "os idosos", "os aposentados", sem qualquer individualidade.

A personagem do filme "As Pontes de Madson" chega a essa conclusão quando reflete sobre sua condição de "dona-de-casa", e o que ela diz é mais ou menos assim: "Somos as escolhas que fizemos. Quando uma mulher resolve casar-se e ter filhos, por um lado sua vida se inicia, por outro termina. Você constrói uma vida de detalhes e fica parada, imóvel, para que os filhos se movimentem, e, quando eles se vão, levam sua vida de detalhes com eles. Espera-se que você retome sua vida, mas, do que era mesmo que você gostava? Como durante todo esse tempo ninguém perguntou, você também se esqueceu..."

Se conseguirmos libertar-nos das histórias que são contadas pela fisiologia, sociologia, economia e demais ciências, poderemos então imaginar o envelhecimento como uma transformação em beleza, tanto quanto em biologia. Então seremos capazes de ver na postura reclinada do corpo algo mais do que um mal; iremos ligá-lo a uma verdade subjacente que nós já sentimos, a alguma coisa que inclui as contingências casuais da vida e as "irrelevâncias" desperdiçadas. O envelhecimento permite uma segunda leitura do que antes parecia ser apenas literalmente problema biomédico, pois a principal patologia da velhice é a nossa idéia da velhice.

Na fase liminar da vida, o corpo passa a exigir maiores cuidados, e, "se escutarmos o corpo que envelhece, bem como a sua dor, tornando-nos respeitosamente receptivos aos sintomas, poderemos ouvir algo impressionante, convidando-nos a descer dentro de nosso ser físico. [...] A visão interior que fala através de nosso corpo pode estar tentando indicar novas tarefas que nos aguardam".[43]

Na antiga Grécia, o santuário do deus Asclépio, em Epidauro, era um centro de peregrinação para todos aqueles que estavam em busca da cura. Para o grego antigo, a doença era resultante do desequilíbrio entre o organismo e o sentimento que se tinha a respeito do mundo onde se vivia. Daí que, para se obter a cura, era necessário ocorrer a *metanóia,* ou seja, uma transformação nos sentimentos. Essa sabedoria milenar vem trazendo consigo a necessidade

[43] PRÉTAT, Jane R. *Envelhecer,* Editora Paulus, 1997.

de mudanças, de se conseguir lançar um novo olhar sobre as velhas histórias.

Conforme já refletimos anteriormente, nossa cultura é carente de ritos de passagem.

Não temos cerimônias iniciáticas, a não ser um bolo de aniversário com muitas velinhas para marcarem as fases liminares de cada estágio de vida.

Porém, mesmo carentes dessas cerimônias, segundo Jane R. Prétat, "muitos de nós teríamos de confessar que, embora ansiando por solenidades que marquem nossa passagem para uma etapa mais avançada, nos sentiríamos bastante inibidos de participar de grupos de homens e mulheres que estejam tentando recuperar os antigos costumes de celebração. [...] Não somos capazes de nos soltar e celebrar um processo de envelhecimento que aprendemos a abominar".[44]

A verdadeira *metanóia,* então, só começa no fundo, como se o mundo todo tivesse de ser construído de novo, ou como se nada nunca houvesse ocorrido antes. Isto está para além do tempo, pois nos tornamos exploradores de um estágio de vida diferente. Vamos ao encontro de velhos deuses – o velho sábio e a velha sábia –, personagens arcaicos da alma coletiva, que vivem profundamente enraizados na alma de todas as pessoas.

Presente nas mitologias de todos os povos, assim como nos contos de fadas, o velho sábio ou a velha sábia é sempre um ser da natureza que tece a teia da vida. Surge no caminho

[44] *Envelhecer*, Ed. Paulus, 1997.

do herói no momento da grande crise, e a solução só é conquistada se forem seguidos todos os passos iniciáticos.

No nível mais profundo, a mudança sempre envolve o corpo, pois as mudanças psíquicas e fisiológicas andam de mãos dadas.

Em nível manifesto, é uma acumulação quase imperceptível de mudanças cotidianas, contínuas; é estar na vida de maneira completa e agudamente consciente, como se o longo trajeto da história pessoal e as esperanças e os projetos para o futuro estivessem subitamente lado a lado, recolhidos *no agora.*

Passar pelas mudanças desse período pode ser tão estimulante e difícil quanto qualquer outra jornada, pois somos desbravadores e marcamos o caminho para que outros possam segui-lo.

Voltando ao filme "As Pontes de Madson", ao invés de optar pela paixão que certamente iria acabar por destruí-la, a personagem decidiu perenizar sua vivência amorosa numa outra dimensão, mais secreta e sutil, mas tão intensa que a livrou da contaminação da velhice. Aquele amor se tornou eterno porque ficou encantado.

O encantamento então é a experiência que pode arrancar as pessoas da estagnação da velhice e conduzir à *metanóia*; é uma necessidade da alma, e a alma não precisa de botox.

Não é fácil falar sobre o encantamento numa sociedade urgentemente desencantada. Por isso, não adianta buscar a experiência fora de nós, pois é no silêncio da busca interior que encontraremos o caminho para a Cidade Azul de nossos sonhos.

Essa metáfora da "Cidade Azul" chegou-me pelo sonho de um cliente de oitenta anos, que o relatou em sua primeira sessão de terapia. Sinto que nesse sonho está contida a melhor conclusão para essas histórias, e por isso vou relatá-lo.

> Saí de uma cidade do interior, não identificada, dirigindo uma caminhonete antiga, para procurar uma localidade chamada Cidade Azul. Lá eu deveria ter uma revelação importante. A rodovia era larga e asfaltada, e eu trafegava na pista da direita, para fazer uma conversão, também à direita, no quilômetro 235, para entrar numa estrada vicinal de terra. Exatamente ali, havia uma estrada estreita, pavimentada, e, paralela a ela, uma outra de terra. Optei pela melhor e rodei 80 quilômetros, sem encontrar qualquer sinalização indicativa da Cidade Azul.
>
> Em uma curva à frente, vi uma pessoa idosa, sentada numa pedra, sob uma árvore. Caminhei na sua direção para pedir ajuda, quando percebi que ela era cega.
>
> Pressentindo minha aproximação, o homem no entanto antecipou-se: "você procura a Cidade Azul, mas está no caminho errado. A entrada é a outra que você ignorou. Mas olhe, para ter acesso à Cidade Azul, você terá de cumprir algumas condicionantes: 1) Ter Fé; 2) Superar o Medo; 3) Acreditar em seu Destino.
>
> Retornei ao ponto de entrada para tomar a estrada de terra. Vi, porém, que ela não possibilitava o tráfego de veículos, muito pedregosa, esburacada, estreitando-se em alguns pontos que nela mal dava para caminhar.
>
> Puxa vida, pensei, como poderia andar mais 80 quilômetros a pé, com sol tão quente?
>
> Deixei o paletó na caminhonete, que estacionei sob um arvoredo à margem da estrada, e decidi aceitar o desafio. Devo ter andado mais de 100 quilômetros sem que a noite

caísse ou me sentisse cansado. A estrada terminava abruptamente em frente a um paredão de pedra, de uma montanha muito alta. Não havia como continuar.

Meio desanimado, cheguei mais perto e vi que um Anjo, louro e nu, encontrava-se em pé perto da rocha, como se fosse uma sentinela.

"Você procura a Cidade Azul, e esta é a única passagem. Você está sendo esperado, pode entrar."

Mas eu não via como; o paredão de pedra parecia intransponível e não havia nele uma fenda sequer.

Lembrei-me da mensagem do velho cego: ter Fé, perder o Medo e acreditar no seu Destino. Tirei então toda a roupa do corpo e caminhei contra o paredão. Embora ele não se movesse, meu corpo passou através dele sem nenhum esforço de resistência. Do outro lado, iluminada pela luz forte de um sol da manhã, estava a Cidade Azul. Era exatamente a cidade de onde eu partira, naquela mesma manhã, na velha caminhonete. Percebi, com alegre certeza, que o destino procurado sempre estivera onde eu estava. Não havia necessidade de procurá-lo em outra parte, senão dentro de mim.

O esqueleto no armário

(ou: Histórias de segredos familiares)

A PSICOLOGIA ANALÍTICA CHAMA de "sombra" aqueles elementos renegados pela consciência e que passam a viver ocultos nas entrelinhas das famílias. A teoria sistêmica os chama de "esqueletos escondidos no armário".

Qualquer que seja a rotulação, o que acontece é que, por pressão de ideais coletivos que se tenham estruturado em valores rígidos, tudo o que se contraponha a tais imagens é reprimido e vai parar naquele armário escondido, aquele que ninguém tem permissão para abrir e que oculta os segredos nunca revelados. Uma espécie de câmara sangrenta de Barba Azul.

Só que, como Jung bem o lembra, o que é reprimido nunca vai embora, permanecendo definitivo como um destino.

Destino, por sua vez, significa a interferência dos deuses na vida humana, e isto quer dizer a fixação ou estagnação em padrões que se repetem no suceder das gerações.

O tema das maldições familiares está registrado em todas as mitologias, contos de fadas e até mesmo em fábulas de conteúdos moralistas, como aquela do lobo e o cordeirinho. Na psicologia familiar é conhecido como as "cantigas de nunca acabar", ou seja, aquele refrão que se repete indefinidamente:

Bartholo tinha una flauta
De um buraquito solo,
Su madre siempre dizia,
Toca su flauta Bartholo...
Tinha una flauta...
De um buraquito solo...
Su madre...

E o bordão continua na mesma cadência, levando à narcose, à sonolência e à dissolução da vontade, que se espraia através de gerações.

Enfrentar essa ciranda macabra é uma das muitas estações da longa jornada na busca da individuação. Não dá para passar por cima, fazer vista grossa e dizer que não temos nada com isso, já que nos tornamos intelectuais lúcidos e muito bem-sucedidos. A sombra é aquela ferida nas costas, que não podemos enxergar direito, mas que sabemos que existe porque incomoda, dói e às vezes fede.

São da analista junguiana Connie Zweig (1999) estas reflexões no prólogo de "Ao Encontro da Sombra": "(...) eu nunca havia levado a sério a sombra. Com certa arrogância espiritual, eu acreditava que uma vida interior profunda me protegeria contra o sofrimento humano, e eu poderia esvaziar o poder da sombra com minhas práticas espirituais... Eu assumia na verdade que podia governar a sombra, através da disciplina e do autocontrole. (...) Mas o lado escuro aparece sob muitos disfarces. Minha auto-suficiência emocional e minha capacidade cuidadosamente cultivada de viver deram lugar a uma dolorosa vulnerabilidade. Eu me sentia como se estivesse transformando-me naquilo que eu não era... O fio de minha vida era puxado; a história se desenredava. E então compreendi por que algumas pessoas enlouquecem, e entendi por que Goethe disse que jamais ouvira falar de um crime que ele próprio não fosse capaz de cometer (...)".[45]

Criar personagens que identifiquem esses movimentos, dando a cada um uma cara, e, como bailarinos nessa coreografia de nunca acabar, executem sua dança é uma das estratégias que proponho a quem me procura como profissional.

Todavia, há aqueles que preferem dirigir-se diretamente à personagem do confronto, e o fazem através de cartas oníricas que são enviadas a um destinatário virtual.

A que se segue é uma forma de resgatar o direito de ser, a partir da revelação do segredo:

> Querido pai:
>
> Na verdade, começo a escrever essa carta fictícia como um exercício terapêutico, preso ainda pelo controle do intelecto, mas esperando que o decorrer da escrita possa transformá-la numa expressão do coração.
>
> É engraçado, lá fora tem um pássaro que canta varando o silêncio dessa madrugada. O canto é repetitivo e harmonioso. O cantar dos pássaros!... O que isso verdadeiramente tem a ver com a carta que agora lhe escrevo?!
>
> Talvez porque ele canta livremente, e nesse canto livre parece obedecer a uma ordem maior.
>
> Lembrei-me, aqui – agora –, de um conto do Rubem Alves: Urubus e Sabiás. No conto, os primeiros insistiam

45 ZWEIG, Connie e ABRAMS, Jeremiah (orgs.). *Ao Encontro da Sombra*, Editora Cultrix, SP, 1999.

que todos os pássaros deveriam freqüentar escolas de canto, e, assim, achavam-se detentores e qualificadores de tal competência.

Os sabiás nunca haviam freqüentado essas escolas, mas seu canto era belo e livre como nenhum outro.

Daí vêm indagações: Será que precisamos ser diplomados para ser o que somos? Será que é obedecendo às normas e conceitos da sociedade que seremos considerados seres-do-mundo? Será que temos de seguir as regras determinadas por nossos pais para então sermos considerados filhos?

É nessa reflexão que começo a me revelar.

Obedeci às suas regras, pelo menos aparentemente, e também aparentemente acredito ter sido considerado um filho.

Mas é por esse motivo que lhe escrevo esta carta. Para lhe dizer que menti. Que não obedeci às suas regras. Não porque não quisesse, mas porque era constituinte do meu ser não obedecer a elas.

Dentre muitas desobediências, gostaria de tocar na que se refere à minha condição como homem.

Passados todos esses anos ocultando minha essência por medo de não ser aceito por você e por aqueles a quem amo, guardei um segredo. Talvez nem seja segredo o que vou explicitar, mas em meu ser ficou subentendido que deveria ser.

Na época de colégio fui flagrado e exposto por estar trocando carícias com outro garoto. Nossa família ficou sabendo, o senhor ficou sabendo, e naquela época tudo foi abafado constituindo então o segredo implícito.

Já não suporto mais essa idéia. Agüentei todos esses anos em respeito a você, minha mãe, meus irmãos, família, sociedade.

Em nome de um conceito, ou melhor, de um preconceito, sufoquei minha essencialidade.

Preciso ser verdadeiro agora.

A história com aquele garoto não foi fase de adolescência.

Amei aquele garoto.

Entreguei-me àquele garoto.

Dediquei a ele todos os sentimentos, fantasias e desejos que um garoto dedicaria a uma garota nessa fase de nossas vidas. Só que por nossa educação e cultura eu me sentia um anormal, pois minha experiência primeira de amor não foi com uma garota, mas com um garoto.

Mas é a mais pura verdade.

Depois dele, visto que tive de manter sempre as aparências, sempre me esconder, acho que não consegui amar mais ninguém. Parece que ficou registrado que minha forma de amar não era normal.

Já chega!

A verdade é essa.

Sou homossexual.

Posso compreender que isso não seja do seu agrado; respeito.

Mas minha hombridade não me permite mais esconder.

Acredito que estamos aqui não para sermos homens, mulheres, homo ou bissexuais, mas para sermos um SER.

É enquanto Ser que lhe escrevo.

Um Ser que sente.

Um Ser que ama.

Um Ser que tem raiva.

Um Ser que pensa.

Um Ser que intui.

Um Ser que cria.

E este Ser não agüenta mais não poder Ser verdadeiro consigo mesmo e também com aqueles que julga importantes, como você.

A revelação busca uma aproximação.

A revelação busca a libertação de amarras que eu mesmo criei, permitindo que os conceitos recebidos em minha educação me fizessem um prisioneiro de mim mesmo.

Isso valeu para o Ser-criança.

Isso valeu para o Ser-adolescente.

Isso não vale mais para o Ser-homem. Porque é isso que eu sou, um Ser-homem que, independentemente de sua preferência sexual, precisa liberar-se para de novo experimentar o amor.

Não quero agredi-lo ou culpá-lo com essa revelação, mas já não quero, não posso me agredir e não vou me culpar mais.

Seria muito bom contar com seu apoio e amor de pai. Se for muito difícil para você, não tem importância. Saberei compreender, e continuará a ser sempre meu pai.

O pai que eu admiro.

O pai que fez todas essas coisas por ser essa a sua forma de ver o mundo.

O pai que eu muito amo e, por ter sido exatamente quem foi, é que me deu referências para ser quem eu sou.

A você o meu amor profundo, minha gratidão eterna pelo meu SER.

Com essa carta quero estar livre para amar novamente.

Que na dimensão de vida-morte em que o senhor se encontra possa receber essa mensagem, relevar minhas falhas e, se possível, receber-me como eu sou.

Tenho sentido sua falta.

Gostaria de ter o seu colo, o seu abraço, mesmo sabendo que sou eu quem terei de vencer os meus obstáculos.

Agradeço a você tudo!

Um grande beijo.

Seu filho.

Edward Whitmont[46] afirma que é da maior importância notar que as características, que foram reprimidas por serem incompatíveis com os ideais e valores culturais, talvez sejam fundamentais para a estrutura básica da personalidade, mas, exatamente pelo fato de terem sido reprimidas, permanecem em estado primitivo e, portanto, negativas. Infelizmente, a repressão não elimina os impulsos nem os impede de agir. Ela apenas os remove da consciência, e eles continuam a existir como complexos.[47] Cabe aqui um olhar diferenciado sobre o que estamos chamando de *sombra* e *complexo*, dois elementos estruturais do inconsciente pessoal.

Já dissemos que o que Jung chamou de sombra são os instintos básicos inerentes à espécie humana, cuja manifestação seja expressamente reprimida pela cultura. Assim, tudo o que seja considerado mau, errado, pecado, imoral etc., fica vivendo na sombra de uma pessoa boa, luminosa e honesta. As qualidades da sombra formam, assim, um agudo contraste com os ideais do grupo social e a força de vontade. A sombra vai desenvolvendo-se à medida que o ser humano começa a incorporar as noções de certo ou errado, aprovado ou desaprovado.

A existência da sombra é uma realidade arquetípica, ou seja, é comum a todos os seres humanos. Nela estão contidas todas as representações do mal, e suas feições mitológicas são: o diabo, o tentador, o marginal. Assim, a

[46] 1999.

[47] WHITMONT, Edward. "A Evolução da Sombra", in *Ao Encontro da Sombra*, op. cit.

senhora honestíssima abrigará em seu inconsciente a sombra de uma devassa, enquanto o homem altruísta talvez hospede um brutal egoísta dentro de si.

É impossível, ao indivíduo, reconhecer a própria sombra, uma vez que essas figuras estão reprimidas no inconsciente. Ela só se torna visível quando é projetada no ambiente. Assim, quando nos defrontamos com alguém com quem *nosso santo não cruza*, provavelmente estaremos diante de um espelho no qual se reflete aquela nossa parte escura e renegada.

A sombra não pode ser eliminada, pois é nossa irmã escura e sempre presente. O dilema do ser humano adulto está entre reconhecer a existência dessa camada inferior da psique e, ao mesmo tempo, vigiar para que ela não seja projetada no ambiente, pois, se não somos responsáveis pelo modo como somos e sentimos, precisamos assumir responsabilidades sobre o modo como agimos. É necessário dar à sombra um caminho criativo para que venha a se expressar sem causar os danos que são ocasionados pela repressão, quando irrompe no ambiente sob a forma de complexos.

Diríamos então que os complexos são a atuação de uma energia reprimida que acaba explodindo e *possuindo* o indivíduo, envolvendo todo o ambiente com seus efeitos. Segundo Jung, os complexos originam-se de experiências, não somente infantis, como o propunha Freud, mas também daquelas que possam ocorrer em qualquer época da vida.

Na Terceira Conferência de Tavistock, em 1935, quando apresentou à comunidade científica européia sua teoria sobre o inconsciente, ele se refere ao complexo como um aglomerado de associações, dotado de energia e tensão, com a tendência a formar por conta própria uma pequena personalidade. Apresenta assim uma espécie de corpo e uma determinada fisiologia, podendo perturbar o coração, o estômago, a pele, comportando-se enfim como uma personalidade parcial, criando uma realidade paralela.

Em virtude de um conflito, determinado conteúdo, carregado de intensa carga afetiva, separa-se do consciente e permanece no inconsciente, monitorando as atitudes e ações do indivíduo no mundo em que vive. A manifestação de um complexo pode então se dar em nível do organismo e dos humores, e sempre será projetada no ambiente, pois a característica do complexo é a compulsão.

Quanto mais intensa seja a repressão, mais a energia do complexo poderá inundar a pessoa, originando os quadros de neuroses ou psicoses. Nestes quadros, os complexos surgem como verdadeiras entidades, tendendo a apoderar-se do ego, "falando alto", mostrando coisas, de modo que as pessoas ouvem vozes, vêem imagens ou cenas, tudo como provindo de personalidades estranhas a elas, produzindo delírios, alucinações ou fenômenos conhecidos como "personalidades múltiplas".

A existência de complexos é um fenômeno natural na psique, indicando que há algo conflitivo e não assimilado, mas, se for integrado à consciência, pode abrir caminhos para novas realizações. O grau de patologia de um complexo vai depender de sua impregnação com os conteúdos do inconsciente coletivo.

Quando, por uma rigidez exacerbada ou experiências traumáticas, esses sentimentos não podem ser integrados, os complexos podem irromper de modo irrefreado e destrutivo, causando rachaduras na estrutura do ego, tomando posse da consciência, desestabilizando o sistema familiar com o surgimento de um "doente mental".

Assim como os segredos, a doença mental é estigma que marginaliza as famílias perante o grupo social, e estas, por sua vez, marginalizam o portador daquela vergonha exposta, pois sua evidência não se aquieta trancada nos armários.

Mania é a loucura dos deuses, é a experiência de êxtase celebrada nos ritos dionisíacos, quando o iniciado se liberta de todas as convenções e experimenta emoções nunca vividas.

A doença mental é a repressão da *mania*, é a loucura divina posta em camisa-de-força pelas instituições. O manicômio, de: *mania* (loucura, demência) + *Koméo* (eu curo), é o lugar onde os loucos eram deixados para serem "curados", e essa cura era imposta com eletrochoques, insulinoterapia e psicotrópicos.

Sob o olhar da psicologia profunda, o doente mental se apresenta como o porta-voz da sombra familiar. *Sombra,* conforme já o dissemos, são os afetos e impulsos naturais que são reprimidos pelas crenças e códigos de valores sociais.

Quanto mais "santa" seja uma família, mais seguidora dos Dez Mandamentos, mais represados serão os afetos basais, os desejos moralmente inferiores, as fantasias infantis, as raivas e os ressentimentos, enfim, todas aquelas coisas das quais não temos nenhum orgulho. A sombra é uma conseqüência direta da luz, pois tudo aquilo que é luminoso projeta sua sombra. A imagem ideal que temos de nós mesmos nos faz projetarmos nossa sombra para fora, enxergando-a apenas nas outras pessoas.

Quanto mais rígida a repressão dessas emoções basais, mais imperiosas se tornam suas exigências inconscientes, e a pressão que vão exercendo sobre a consciência é de tal ordem que acaba explodindo através do elemento mais frágil do grupo familiar.

A *loucura,* que era mantida em calabouço, explode sem limites, denunciando o que não foi integrado pela consciência.

A vivência criativa funciona como válvula que libera a pressão acumulada, pois também fazem parte da sombra todos aqueles aspectos que poderiam ser chamados de uma vida não vivida – talentos, aptidões e projetos abandonados em prol dos deveres e obrigações. Quando trazido à consciência e vivenciado em atos criadores, esse potencial enterrado libera uma quantidade surpreendente da energia inconsciente, mantendo assim o equilíbrio do sistema psíquico.

A rigidez fecha as comportas levando a crises, neuroses e psicoses. Segundo Jung, tudo aquilo que não é vivido transforma-se em um destino.

Juntando sonhos e emoções, emergentes nos processos terapêuticos, a partir de um verso de Fernando Pessoa, que diz:

Tudo o que vemos, é outra coisa,
a maré vasta, a maré cheia,
é o eco de outra maré, que está
onde é real o mundo que há...

fui criando uma coletânea de contos, entre os quais selecionei este, que retrata, com a honestidade da ficção, os movimentos secretos dessas marés subterrâneas.

"Os Filhos de Vulcano"

Enfurecido pela traição da esposa, Vulcano condenou seus três filhos, ainda sob a forma de brasas, a viverem enclausurados em pequenas caixas, que jamais poderiam ser abertas.

Um homem comum roubou as caixas, provocando a ira de Vulcano... e foi assim que tudo começou (de um sonho de Carlos, cliente de 24 anos).

He.

Parou sob as ruínas do Arco do Triunfo. O outro lado. Seria o fim ou o começo... O pai brigava com ele porque chupava dedo. Tem vontade de chupar o dedo agora, aos pés de sua ruína. O outro lado era o mistério. Pensava nele seguidamente, planejando o ritual, pressentindo o gosto do barbitúrico, mas agora que chegara à fronteira não se arrisca ao derradeiro passo.

Todos choraram quando o irmão pequeno morrera, o irmão inteligente que poderia ter sido um doutor. É muito importante ter um doutor na família. Ele brincava de pirata e sapateiro, e os outros meninos sempre mexiam com seus cachos loiros. A mãe e as tias diziam que parecia o Menino Jesus.

Agora está sentado na pedra, tem grama, mas não gosta de deitar na grama que pode ter formiga. Escolheu o dia errado, pois a cunhada acabou de ter um bebê. Teve vontade de rir um riso de vida.

She.

Cantando "a lua prateada, quando passa, espia na vidraça dos quartos de dormir", a mãe a fazia sentir-se quase sagrada, como se estivesse no limiar de um segredo que já lhe pertencesse por antecipação.

A mãe cantava sempre, mas parou de cantar quando o irmão pequeno morreu. O irmão tão inteligente que poderia ter sido um doutor. O irmão morreu, mas ficou a mala.

A mãe juntou todas as roupas dele, o brinquedo mais maravilhoso, o mosquiteiro, e trancou tudo na mala.

A mala fechada era o proibido; ficava à vista, mas sempre fechada, e o brinquedo mais bonito fechado lá dentro. Seria melhor se tivessem enterrado tudo junto com o morto; um polichinelo com rodinhas, que batia guizos num tambor.

Para se distrair da tristeza geral, procurava o livro de Zoologia, que fora das tias, no ginásio. Ela sabia de cor todos os bichos, de A a Z; o nome e o habitat de cada espécie.

Via o pai se embrutecendo de tanta dor, a barba por fazer, e tinha vontade de chegar perto e prometer. Mas prometer o quê? Prometer uma promessa: de nunca, nunca mais brigar para cortar o cabelo. Usaria sempre curtinho, do jeito que o pai gostava, para ele poder passar a mão e fingir que era a cabeça do menino morto. O cabelo curtinho, os olhos gateados, os traços finos do rosto do menino morto seriam simples de recompor.

E ela ocuparia o lugar dele e cuidaria do irmão menor, pentearia seus cachos loiros, dormiriam no mesmo quarto, e um dia encontrariam coragem para abrir a mala que o morto vigiava.

It.

A coisa viva respirava. Naquele exato instante, a coisa-viva estava só sendo ela mesma, sem pretender tirar vantagens. Estava sendo agora a sua respiração, e era apenas isso – sístole e diástole. Até então, sempre existira através de.

Mas, agora, lentamente se transfigurava assumindo identidade própria, no resfolegar pausado de coisa-dormindo.

Agora ia deixando de ser o objeto que contém, para se tornar gradualmente o seu próprio conteúdo: um polichinelo cobiçado, enfeitado de guizos. Vai deixando de ser um mero recipiente, para se constituir o próprio objeto do desejo, e nessa metamorfose torna-se o sujeito indeterminado, que começa a determinar as regras do Jogo no plano de um traçado.

We.

Somos uma família meio esquisita, porque estamos sempre sendo observados. Diria que somos meio viciados em nós mesmos, e isso nos faz sermos olhados com reserva, por parte dos parentes, principalmente.

Temos dois lados: o de fora, que usamos para sair à rua e nos relacionarmos com as estruturas sociais, como padarias e quitandas, e o de dentro, que aparece sempre fora de propósito, na igreja, na escola e nos comentários dos vizinhos.

O novo padre catequista é tão bonito que todas as meninas querem confessar-se com ele. Parece o Montgomery Clift. Ele mandou (o padre, não Montgomery) um bilhete para uma menina do ginásio dizendo estar louco de amor por ela. Ela ficou ofendida e foi tomar satisfação; ele, tão bonito, ficando tão vermelho... como eu queria que o bilhete fosse para mim! Sonho sempre com ele me namorando.

Meu irmão caiu na lama e sujou a manga do uniforme, e ele, o padre, deu um castigo a meu irmão, na frente da turma. Agora meu irmão não quer mais voltar ao colégio. Meu pai briga, diz que não quer filho frouxo, mas eu sei que meu irmão está matando aula e fico entalada entre meus dois amores: o padre, por quem estou perdidamente apaixonada, e meu irmão, que é a minha metade linda e loira; eu que me tornei um corpo de louva-a-deus, queimado de sol, em que só se destacam os olhos cor de mel.

Quando o outro irmão morreu, Laio ficou sendo meu brinquedo loiro, o polichinelo encantado que vivia guardado na mala de nossas andanças. Nós nos mudamos tanto, moramos em várias casas, e a mala sempre fechada, e agora, de tão velha, até amarrada com uma correia, e, dentro dela, um polichinelo encantado tocando seus guizos nas noites de insônia.

Às vezes, surpreendo meu pai pensativo, sacudindo a cabeça. Comecei a perceber isso há algum tempo, quando fizemos um teatro em casa, e Laio foi a princesa loira, na peça que eu escrevera. Foi mamãe quem arrumou as fantasias: Laio de princesa, eu de caçador e os primos e primas nos demais personagens. À noite, ouvi meu pai falando à minha mãe que cinturão torna macho qualquer marica, e não entendi o que ele queria dizer com isso.

Se as outras famílias eram divididas entre os pais e os filhos, os homens e as mulheres, a nossa era mais simples, pois a nossa divisão eram os pretos e os brancos. Os pretos éramos eu e meu pai (e o irmão morto, claro), e os brancos eram mamãe e Laio. A pele alvíssima e os cabelos loiros eram o positivo de nossa tez morena e tisnada pelo sol de verão.

Fomos, depois, também divididos entre os maiores e os menores – os que nasceram depois e aos quais dedicávamos a mais feroz indiferença; pequenos e bobocas não pertenciam à nossa casta, minha e de Laio, os iluminados.

Mais desprezíveis se tornaram quando nossos pais definiram que a única saída para nos encaixar dentro dos padrões tradicionais seria o internato. Laio, no rigor da congregação Marista, e eu, nos brocardos do Sacré Coeur.

Fomos então mandados para longe de casa e os menores ficaram. Eles e a mala...

You.

Mas o que mais lhe doía eram as marés ensangüentadas. As ensandecidas marés de Dardanelos, que o dilaceravam naquela cópula onde boiavam náuseas, trazendo particularidades de um sol doente. Como daquela vez em que estivera parindo lagartos.

ATESTADO

Atesto, para os devidos fins, que o senhor Laio Pessoa está sob meus cuidados profissionais, estando internado na Clínica Pinel, onde se submete a tratamento psiquiátrico, CID n. 298.8/2; encontrando-se impossibilitado de exercer qualquer atividade profissional, bem como de responder em juízo por quaisquer atos que venha a praticar.

Dr. Sigmund Better.

(fala de Laio) A mulher que não fui antecede a manhã de promessas e orvalhos. Escorre incontidos hormônios no casulo da pele, dos pelos de fios dourados.

Ela é o melhor de mim.

É quando ainda não acabei de acordar, mas o sono já está matizado, com o amanhecer fazendo parte. Flutuando entre os mundos, tenho o que preciso naquele exato instante, mas, como o próprio instante fugidio, perco sempre aquilo que eu precisava.

... sabe aquela corrida? Aquela em que se vai de braços abertos e que os filmes apresentam em câmara lenta, criando a sensação de flutuar? É aquela corrida que eu gostaria de correr: aquela em que se joga fora tudo o que se carrega – mágoas, raivas, conceitos e preconceitos – e se tem apenas braços para abraçar. Minha hora maior é sempre aquela que antecede e escorrega no vácuo, mulher-azul...

... hoje ninguém fala mais nisso, mas a figura de Mauro ainda ecoa em mim como um sinal de alarme. Agora até já comecei a perdoá-lo por ter-me arrancado a pele, as vísceras, mas ter-me largado vivo. Também deixou meus olhos incapazes de chorar.

Tinha a camisa amassada e viera a meu encontro.

– O que me fascina, nos teus quadros, é o som deles, falou. Teus quadros gritam o som mais primitivo da matéria se decompondo em dores de parto, para gerar o feminino absoluto, matriz do Universo Primordial. Eu te quero, Laio, mas não é a ti que eu desejo, e sim à tua imagem feminina dentro de mim.

Depois saiu assustado como se acabasse de profanar a mulher que não fui.

Cheguei muito perto do meu centro e aprendi a tocar o proibido; mas quando você ultrapassa os limites do proibido, você se torna vulnerável à maldição.

They.

Todos os dias eles agitavam as bandeiras enxotando os passarinhos: Xô... xô... não cheguem perto. Vocês podem sujar a nossa farda, amarrotar a nossa folha de serviços ou embaçar nossas platinas faiscantes. Eles, sim, eram reais e lúcidos, fabricando o cotidiano com patentes e ordens de comando. A Academia Militar tivera mais sucesso.

Na mala fechada ninguém tocaria, pois eles eram o plano objetivo de um Traçado Secreto. Desempenhavam o papel que lhes coubera na trama: ser a outra face da moeda. Tinham de estar em posição de sentido, num mundo onde não existissem polichinelos tocando guizos, e, para isso, continuavam sendo os menores, embora há muito adul/tecidos e assumidos nos respectivos CPFs.

Uma tristeza antiga me visitou. Toda em surdina, como convém. Chegou pela asa do sonho e me possuiu no meio da noite. Uma tristeza errante, errada, sem enredo ou figura, só tristeza, a dor humana de existir.

Continuando o sono, o sonho traz de volta o sentimento, agora figurado pelo moço triste. O moço de antes de o tempo ser tão trágico, o moço que a vida levou e que retorna para me trazer sua/minha tristeza.

O que faço agora? Uma tristeza antiga me possui e se revela na figura trágica do moço triste. Onde andará meu coração congelado? Preciso reservar um lugar para os fantasmas. As bruxas devem sentar-se a meu lado e comer do mesmo prato a dor antiga.

Na dimensão em que agora me encontro, observo este jogo de cenas: Laio, contando as formigas na grama esturricada que dissolve as defesas, mas não dá respostas. O Sanatório, que é agora sua realidade imediata; meu corpo vegetal, entubado em aparelhos sofisticados, e, os outros, murmurando respostas monossilábicas à guisa de desculpas por algo que tivesse saído mal-feito.

– É, agora só temos os menores; estes vão continuar sempre conosco.

A asa do sonho me faz flutuar mansamente, pois a corrente eletrônica, que mantém meu organismo prisioneiro, não tem o poder de limitar meus vôos, e eles me conduzem a uma mala fechada e a uma cantiga muda.

"Mamãe... como a criança leva uma flor à professora, quis trazer-te uma flor, que não pude colher com meus dedos de pedra. Busco então outra flor esquecida no tempo entre páginas velhas, que se fecharam sobre o viço das pétalas, a doçura da seiva e a embriaguez do perfume. O triunfo de Laio como artista, e depois meu carro se chocando contra os muros do Sanatório onde o confinaram, fazendo-me saltar para este umbral de névoas.

A flor inofensiva, seca, inoperante, cujo último destino é continuar esquecida entre páginas velhas, é só a que eu tenho agora, mamãe.

Sua filha Lia."

Não há enterro nem exumação. Só a constatação. Juntar os restos dos mortos e instalá-los na cripta definitiva. A dor esmaecida permite observar detalhes que se transformam em filigranas de um tempo pretérito. A ausência de putrefação propicia uma intimidade com os despojos. Penso que, se tudo não tivesse acontecido, a história seria outra, mas não existiríamos nós e as nossas marés tumultuadas, mas legítimas!

As referências ao passado são mantidas sempre naquele tom que se usa do lado de fora do quarto dos agonizantes; nada expresso com clareza suficiente, apenas um fluxo de meias-palavras.

Para eles, o nome da história era outro, assim como o de seus personagens, mas, no Plano do Traçado Imutável, um polichinelo enlouquecido sacode seus guizos nas noites de insônia.

História de construção da identidade

(ou: O direito de se contar de forma única)

QUANDO CONSEGUIMOS TRANSMUTAR em contos as histórias que contaram sobre nós, estamos conquistando o direito de reescrever nossa existência, num exercício de liberdade jamais imaginado. Qual Sheherazade, durante as 14.400 noites de seus quarenta anos de vida, esta mulher experimentou se salvar das histórias que foram contadas sobre ela. Nas entrelinhas do conto, como a personagem que foi sendo criada durante o processo terapêutico, despiu falsas vestes, hábitos missionários e outros entraves que a mantinham atrelada a um destino traçado a priori e do qual não se conseguia livrar, pelas culpas.

Mas chegou um tempo em que, rasgando as sotainas esfarrapadas de um casamento crônico, ela ousou decidir; e, solitária, despiu a própria pele e se enrolou quieta, dentro de si mesma, aguardando o tempo da metamorfose. E, enquanto aguardava, escreveu:

"Peregrina da Alma"

"Em certa época, numa abadia tão distante quanto se possa imaginar, Armand, um abade extremamente disciplinador e sério, administrava sua corte religiosa.

Este ambiente de retiro tinha a forma de um pentágono, onde a base cabia à administração, o lado esquerdo era o local de meditação e trabalho das freiras, e o lado direito, dos freis. Os grupos só se encontravam em festas religiosas poucas vezes por ano. Uma enorme grade separava o encontro no ápice do pentágono e, além da grade, havia um pesado painel escuro que abafava os sons vindos de ambos os lados.

Ao redor da abadia, Armand havia mandado construir um fosso circular, que se transformara em névoa liquida, negra e malcheirosa. Ninguém entendia o porquê daquela prisão assombrada, mas nenhum de seus subalternos ousava reclamar; todos engoliam desesperadamente suas responsabilidades dentro daquelas paredes.

Quando o abade chegara ao mosteiro, há quase vinte anos, parecia um homem 'um pouco' menos duro. Grande estudioso das Sagradas Escrituras, tentava escutar seus tutelados e orientá-los, mas alguma coisa aconteceu, pois, ao final do segundo ano de administração, trancara-se em seu gabinete, recebendo somente as poucas pessoas que ainda conseguia suportar.

'Quanta ignorância, quanta estupidez, que perda de tempo escutar essas pobres criaturas! Que Deus lhes perdoe', resmungava sempre para si mesmo.

Fechando-se cada vez mais em sua loucura exigente, Armand começava a perder o rumo de seu sacerdócio.

Mergulhando em seus olhos, penetrando na vida perdida daquele homem, conseguia-se perceber um tremendo segredo, uma dor terrível que destruía seu ímpeto espiritual.

Ao vislumbrar a abadia que lhe coubera administrar, orgulhou-se por ter sido escolhido pelo bispo da região, afinal havia arduamente se preparado para aquela tarefa. Sentia-se absolutamente seguro de seus votos, sabia de sua autoridade e conservava em sua lembrança e em seu sangue a realeza de sua família. Nada lhe faltava: conhecimento, prestígio, força moral, riqueza de berço, intenções puras. Era quase um homem santo... e aquele 'quase' o incomodava. Era um homem santo!

Ao ultrapassar os limites do mosteiro, admirou-se com sua arquitetura tão leve e sua atmosfera espiritual. Ao redor da construção havia um belíssimo pomar onde as freiras trabalhavam pelas manhãs. Macieiras, pessegueiros, pés de ameixas e figueiras compunham a visão do paraíso que lhe lembrava a fartura da casa de seus pais.

Após a cerimônia de sua apresentação à comunidade religiosa, Armand recolheu-se em seus aposentos e, mais uma vez, antes de suas preces noturnas, congratulou-se por tão grande responsabilidade ter-lhe sido outorgada. Mas, claro, ele merecia, fizera por merecer!

Durante os dois primeiros anos de sua administração, tudo parecia transcorrer tranqüilamente, exceto por uma pessoa que começara a intrigá-lo... uma jovem freira que fugia ao seu olhar e parecia entrar em pânico quando ele lhe dirigia alguma pergunta.

Que pessoinha estranha! Seu nome?

– Catrina.

Numa manhã, as freiras entraram alvoroçadas em sua sala; Catrina havia desmaiado no pomar e elas não sabiam se deveriam chamar um médico. Claro que sim, resmungou Armand. Essas mulheres sempre a me ocupar o tempo com coisas profanas, pensou ele.

Horas depois, seu auxiliar mais chegado, frei Euclides, veio aflito lhe falar. *Monsenhor, acho que o convento foi visitado pelo demônio!* Armand arregalou os olhos assustados com a estupidez nas palavras de seu colega. Até ele era um idiota?! Euclides insistiu, *fomos visitados pelo demônio,* irmã *Catrina está prestes a dar à luz a uma criança e jura que nenhum homem esteve em sua cela. Temos certeza que isso é verdade, pois ninguém foi visto vagando pela ala das freiras. O médico disse que ela precisa de repouso absoluto, pois está perto de ganhar o filho. Ela está muito fraca e assustada com a situação.*

Armand suspirou fundo, ajeitou seus ombros, levantou o queixo e resmungou cheio de cansaço: *preciso pensar e resolver o que será feito dessa mulher e de sua criança.* Como isso fora acontecer sob sua administração?

O que iriam dizer o bispo, o arcebispo, o Papa? Nenhum deles aceitaria a explicação da qual irmão Euclides ingenuamente queria fazer uso.

Como resolver esse absurdo?

No dia seguinte, forçou arrastar-se à cela de irmã Catrina. Ela parecia mais assustada do que nunca, pálida, com olheiras profundas, parecia muito longe desse mundo. Por um segundo Armand sentiu piedade, mas aprumou-se rapidamente ao lembrar-se do problema que tinha a solucionar.

Olharam-se profundamente. Dos olhos de Catrina brotaram raios e tempestades por tudo o que não conseguira dizer em todos aqueles meses. Armand sentia-se hipnotizado pelo ódio que emanava da freira.

Você não se lembra, não é mesmo?, sussurrou ela. *Não se lembra daquela noite em que me encontrou no pomar chorando a falta de meus pais e que me tentou consolar, primeiro, com palavras, depois com abraços... beijos... e todo o seu corpo veio em meu consolo. Este filho é nosso!*

Armand não conseguia mover-se. Fechou os olhos com muita força, suspirou pesadamente e, num guincho, exclamou: *isso não pode ser real!* Dando meia volta, saiu do quarto batendo a porta com violência. Todos ouviram o pavor do abade.

Desde muito pequeno, Armand sofria de sonambulismo; sua família havia tentado todos os tipos de tratamento, chamando até curandeiros e bruxas, além de padres, para benzerem o menino, até que aos poucos, perto de ele entrar para a Ordem, o mal fora desaparecendo. Milagre, Deus havia afastado o demônio de seu corpo! Mas, de alguns meses para cá, o Abade começara a sentir umas ausências de consciência que lhe lembravam a juventude e flashes de excitação sexual vinham-lhe ao corpo. Meu Deus, seria possível o que aquela mulher lhe dissera?

O filho de Catrina foi acolhido até os sete anos entre as freiras, depois foi transferido para a ala dos homens. Que garotinho estranho! O Abade responsabilizara-se, ele mesmo, pela educação do garoto. Explicara à comunidade que queria orientar o menino, pessoalmente, para perceber onde brotaria o mal e poder extirpar-lhe qualquer manifestação. Catrina, meses após ter dado à luz, foi transferida para outro convento, pediu para ir trabalhar num local onde só houvesse irmãs. Seu desejo foi respeitado. Sua alma merecia tranqüilidade, afinal ela havia sido torturada pelo próprio Satanás!

Após a saída da freira, Armand mandou construir o fosso ao redor da abadia. Seus domínios estariam mais seguros dessa forma. Adeus pomar, adeus plantações, adeus visão daquelas mulheres que o enlouqueciam. As freiras, daquele momento em diante, passariam a se ocupar de outras tarefas e a... e a ... rezar mais, muito mais!

Gustav já tinha dezessete anos e não conhecia nada além da vida dentro do mosteiro. Ninguém questionava a prisão do menino, aliás, ninguém questionava nada naquele lugar. Mas um dia, aproveitando que seu tirano resolvera visitar um mosteiro próximo, o rapaz, metido em suas largas roupas, que lhe pareciam engolir a vida, furtou-se de suas orações matinais e escorregou para fora das paredes de sua prisão. A cada passo que dava, para além dos limites do que conhecia, arrepiava-se de prazer e medo pelo que encontrava e ainda poderia encontrar. Campos lindos, cores vibrantes, sons que pareciam embalar-lhe o coração.

Que deslumbramento! Nesse momento começou a escutar um barulho de água corrente. Mas era diferente, mais encorpado, muito vivo, muito... muito! Meu Deus, o que era aquilo?

Só havia conhecido como água aquele fosso malcheiroso ou a água do poço que era derramada em seu banho ou nas jarras. Mas nunca imaginara de onde a água viria. Estava em frente a uma queda de água que parecia escorrer dos céus, formando uma enorme lagoa muito azul e transparente.

Era o Céu na Terra?!

Num impulso, sem raciocinar, foi entrando lentamente dentro daquele paraíso. Quando a água alcançou-lhe o pescoço, achou melhor parar, pois não tinha a menor idéia de como fazer para se locomover dentro daquele ambiente. Aos poucos foi sentindo o peso de seu hábito, a roupa toda encharcada. Mas o que fazer? Sempre tomara banho todo vestido, nunca lhe haviam permitido ver seu próprio corpo.

E agora? Dando meia volta, resolveu ir para a beira da lagoa do Céu e, desajeitadamente, foi derrubando seus pesados trajes. Que frio! Nunca sentira o ar diretamente em seu corpo. Suspirou fundo, não se atreveu a olhar seu corpo e foi entregando-se novamente às águas.

Gustav, Gustav, mais atenção, você está sendo espionado. Bem perto da sua lagoa encantada há um lindo amigo que se está divertindo com a sua falta de jeito. Um pastor da aldeia vizinha à abadia aproxima-se lentamente da lagoa e pergunta: *está boa a água?* O outro, assustado, foca a vista no seu interlocutor, avalia-o rapidamente, sorri e diz: *acho que sim, para mim está maravilhosa, nunca me havia banhado dessa forma.* O pastor lhe pergunta: *posso juntar-me a você? Estou com muito calor.* Meio hesitante, Gustav fica pensativo, mas acaba concordando. O pastor começa a se despir. O que era aquilo? Aquilo era uma mulher? Gustav fica sem fala, sem pensamento, sem nada... branco...

Você é mulher? O Pastor arregala os olhos a essa pergunta e solta uma gargalhada.

Gustav dirigiu-se de volta à abadia sem conseguir produzir um pensamento que o orientasse, que o reconfortasse. Só lhe vinham perguntas à mente. Quem realmente era? Por que lhe haviam ocultado seu verdadeiro sexo? Quem poderiam ter sido seus pais? Quem poderia ajudá-lo? Todos lhe pareciam inimigos, principalmente o velho abade que sempre o houvera torturado com horas seguidas de leitura da Bíblia, orações, exercícios de lógica. Gustav nunca, nunca conseguira satisfazer-lhe as exigências. Sempre havia algum erro, sempre algum ponto a ser mais desenvolvido, alguma coisa que o irritava em tudo o que lhe tentava mostrar de melhor.

Agora que o pastor havia mostrado um corpo diferente do seu, agora que sabia que era uma mulher e não um homem, como sempre havia sido treinado a acreditar, o que faria de sua vida? Mudaria de ala dentro do mosteiro, viraria freira?

Fugiria para achar quem eram seus pais?

Teria coragem de perguntar tudo a Armand? Isso seria quase impossível.

Como as freiras haviam conseguido guardar aquele segredo terrível?

A quem recorreria?

Não conseguia imaginar ninguém. Lembrou-se então que somente irmã Beatriz cuidara de sua higiene, sempre o orientando a não se despir totalmente, a banhar-se por partes, pois era assim que se evitava o pecado!

E quem havia cuidado dele quando ainda era um bebê? Não se lembrava.

Por quê? Por quê? Por quê? Por que não pudera ser reconhecida como mulher desde o seu nascimento? Onde nascera?

Sempre lhe haviam dito que tinha sido abandonada às portas da abadia. De onde havia vindo, da mesma aldeia que o pastor ou de mais distante?

Já era quase meio-dia quando alcançou sua prisão. Entrou na abadia sem se tentar esconder, vários freis vieram assustados recebê-la, mas ela não se importava com nada, não conseguia. Toda úmida e cansada, procurou, com o olhar, uma figura menos assustadora, frei Euclídes. Ele, ao aproximar-se, percebeu que algo muito sério havia acontecido. Segurou-a pela mão e levou-a até sua cela.

Lá chegando, ela lhe perguntou: *Você sabe que eu sou uma mulher?*

Euclídes sentou-se pesadamente sobre o catre, baixou a cabeça e roucamente lhe disse um sim. *O que eu faço agora, irmão? O que eu sou agora?* Euclides levantou os olhos cheios de piedade, mas só conseguiu dizer: *Temos de esperar o Abade voltar de sua viagem, amanhã à noite ele estará de volta, pergunte-lhe o que quiser. Eu nada lhe posso explicar.*

Gustav sentia-se tonta, muito cansada, esvaziada de tudo o que houvera conhecido até então. Eu quero ir embora... eu preciso... Seus pensamentos rodopiavam, suas pernas cediam sob o peso do desespero. Euclídes lhe pediu: *Gustav, espere por Monsenhor Armand, vocês precisam conversar. Tire suas roupas, troque-se e deite para descansar um pouco.* Tirar a roupa, tirar a roupa, Gustav começou a rir e chorar loucamente, já havia tirado as roupas.

Quando foi deixada a sós, Gustav começou, lentamente, a lembrar de sua conversa com o pastor, como era mesmo o seu nome, Bert? Sim, Bert. Como ele havia tocado seu corpo dentro d'água, mostrando as diferenças, cada parte de seu corpo, cada contorno de seu novo sexo e cada contorno do que era realmente masculino. Respeitara sua nudez. Não a tirara de dentro d'água. Sempre coberta, sempre coberta, sempre coberta... esse refrão não parava de atormentá-la. Acabou pegando no sono relembrando das ondas de emoção que subiam pelo seu corpo a cada toque que Bert lhe proporcionava, ela queria muito voltar a encontrá-lo... ele disse que estaria esperando por ela.

Nada lhe foi respondido. O abade, ao recebê-la em sua sala, foi mais do que lacônico. Ele nada sabia de sua identidade feminina, não sabia quem eram os seus pais, não sabia de nada e, se ela quisesse partir, estava livre... Nenhum afeto, nenhum olhar de amparo, nada, nada parecia tocar o coração daquele homem. Dez anos de convivência e nada!

Gustav saiu da sala sem respostas e sem vida. Não queria nada daquele lugar!

Saí com o mesmo hábito que sempre usara, não me despedi de ninguém, tinha vontade de gritar: *Existe alguém vivo aqui?* Acho que só havia almas penadas, ninguém que conseguisse realmente sentir o que é viver. Caminhei pela mesma estradinha que me havia deslumbrado três dias antes, mas agora havia um traço amargo na visão que eu devolvia ao mundo, a raiva que sentia de quem me havia enganado toldava o brilho do sol. Caminhei, caminhei, caminhei várias horas, não conseguia achar a lagoa do Céu, perdera-me em dor. Comecei a subir um morro, estava com muita sede, mas não conseguia pensar em me saciar, tinha muita raiva de mim também.

Já anoitecia, quando percebi o início de uma trilha. Começando a ficar assustada, apressei o passo para ver aonde ia dar. Alguns minutos depois me encontrei à frente de uma casa de pedras com um telhado de toras de madeira muito grossas. Bati à porta, não conseguia pensar em nada, estava anestesiada de cansaço, fome, sede, medo... Ao abrirem a porta, não me sustentei mais e, acho, desmaiei.

Hoje, uma semana depois que fui salva de minha dor, agradeço a quem me socorreu, ainda não a conheço, mas sei que vem todas as noites para me alimentar e me lavar e, aconchegando-me em seus braços, chama-me de minha menina, minha Prímula.

Não consigo vê-la, está sempre muito escuro, mas a sua presença sempre me recupera, me reanima. Suas palavras reconfortam o meu coração, porque sei que vou conseguir enxergar-me despida e encontrar novamente o pastor que me tirou daquela prisão.

Não consigo falar, não tenho forças. Viajo por mil terras, sobrevôo vales, cordilheiras, planícies, campos e selvas e, cada vez que minha consciência retorna, minha boca não se abre, meu corpo não se mexe. Parece que estou anestesiada para descobrir outras forças.

A cada viagem entro em árvores muito antigas, plantas aquáticas enormes que se assustam ao serem visitadas por mim. Penetro em animais estranhos, que nunca tinha visto, serpentes, crocodilos, tigres, veados... Tudo é muito diferente. Sou levada a buscar vida fora de mim. E continuo muda, sem me mover. Sinto meu corpo se modificando, meus cabelos parecem desgrenhados e selvagens, mas não sei se essas impressões são a realidade.

Ao toque da noite descubro novos segredos e me fortaleço. Às vezes sinto-me enorme, muito magra e séria, outras vezes sinto-me baixa, muito pesada e gorda, sorridente e gaiata. Também já me senti furiosa, carnal e com olhos de fogo, querendo voltar ao passado e destruir tudo. Nesses momentos me perco de mim e fico em sofrimento por longas horas, sem conseguir voltar para o meu corpo. Quando isso acontece, preciso ser cuidada por Ela e reconduzida a mim. Tudo é muito lento. Não sei quanto tempo ficarei desse jeito, se conseguirei ter algum dia vida própria, pois às vezes me parece que saí de uma tirania direto para outra.

Durante um pôr-de-sol despertei. Meus olhos estavam muito pesados e enxerguei tudo enevoado. Uma mulher delgada e alta estava entre a porta e o sol poente. Seus cabelos eram muito longos e caíam em cachos à volta de seu corpo; pareciam serpentes bailarinas lhe fazendo companhia. Sua voz, levemente rouca, chegou até mim num sussurro: *Acordar ao anoitecer sempre incomoda menos, vamos conversar sob o luar, é mais doce.*

Seus olhos prateados brilhavam na penumbra da casa e eu, meio hipnotizada, meio sonolenta, levantei com o seu toque em minhas mãos. Fomos para fora. Já quase noite, fui levada até uma enorme pedra perto da casa. *A pedra do sapo,* apontou ela. Reparei no formato, e realmente parecia um grande sapo olhando para o céu.

Ela pôs-se a contar histórias, muitas histórias, de animais, de pessoas, de lugares exóticos, de guerras, histórias de amor, histórias de deuses e deusas. Eu estava perdida em suas narrativas, era levada a cada uma delas e voltava diferente, mais viva, mais colorida. A luz das estrelas e o luar enfeitavam aquele momento azul-cobalto. Meus cabelos pareciam vivos e, com a brisa da noite, movimentavam-se, ondulando e crescendo em grande rapidez. Ora pareciam labaredas de fogo, ora corredeiras de água em direção à terra, momentos em que eram cipós muito verdes que se estendiam a querer tocar as árvores e cheiravam a mata e, em outros momentos, pareciam filetes rodopiantes de nuvens que cresciam em direção aos céus. Minha mãe sorria, divertindo-se com o que eu ainda desconhecia. Vez por outra tocava minhas mãos e, onde ela tocava, eu me iluminava, como se naquele ponto aparecessem vaga-lumes dentro de mim.

Passamos a noite toda juntas; em determinado momento ela avisou com sua voz meio rouca: *Vai amanhecer, é melhor entrarmos, o sol ainda pode machucar você.* Saímos da pedra e, ao entrarmos em casa, olhei para trás... ela já se havia ido.

Dormi durante as primeiras horas da manhã. À tarde, encontrei sobre a mesa uma lista de tarefas que deveriam ser cumpridas. Desde a limpeza da casa, preparo do jantar, até a confecção de roupas femininas. Ao crepúsculo ela surgiu novamente, dessa vez parecia muito mais baixa e sorridente, não brilhava mais como a lua, mas cheirava a mato molhado, tinha uma tonalidade esverdeada bem escura, seus cabelos estavam trançados e laçavam sua cintura como os cintos dos frades que eu conhecia tão bem.

Ao sairmos para a noite, ela soltou a trança de sua cintura, beijou-a e sussurrou algo. No mesmo instante um tapete de cobras escorregou de seus cabelos indo para debaixo de nossos pés e passamos a deslizar sobre a mata. Ela, de tempos em tempos, parava para me explicar a função desta ou daquela planta, fazendo-me cheirar flores maravilhosas que, explicou, tornavam-se mais perfumadas à noite. Serpenteamos entre as árvores e conhecemos o mundo sob vários pontos de vista. Às vezes eu sentia medo de cair, quando queria permanecer um pouco mais em determinados locais e o chão continuava a se mover tão rapidamente, parecendo um caleidoscópio dentro de mim. Então ela me explicava a necessidade da observação relaxada.

Nunca se prenda ao que já passou, abra espaço para o novo, deixe-se levar, sussurrava ela sorridente e me atraía com os seus olhos, para que eu a acompanhasse e deixasse o que já passou passar.

Novamente, à ameaça do sol, voltamos para casa. Desta vez ela permaneceu comigo por alguns minutos e pôs sobre a mesa várias raízes que havia colhido durante a nossa peregrinação. Colocou água para aquecer e avisou como deveriam ser cozidas. Olhou para o vestido que eu havia terminado de costurar e sorriu satisfeita.

Às portas da terceira noite eu já estava curiosa para saber o que ia aprender, mas nada aconteceu. Era noite de lua cheia e podia-se ver toda a mata. Saí sozinha à procura de não sei o que, acabei alcançando um riacho, sentei à sua beira e resolvi molhar os pés, a água fazia cócegas ao passar rapidamente entre meus dedos. Ao levantar os olhos, vi uma mulher majestosa esperando que eu a percebesse. Vestida de estrelas, seus cabelos eram negros, penteados de maneira a formar um enorme cálice que se erguia para o céu como mãos a querer receber a lua. Todo o seu corpo sorria, seus olhos eram tão doces que eu não conseguia pensar em mais nada, a não ser em como eu gostaria de ficar, para sempre, com ela. Acho que passei toda a noite admirando a sua beleza e o que ela produzia em mim. Esqueci de tudo. Adormeci sentada, olhando ternamente para ela...

Na manhã seguinte, acordei estirada ao longo do riacho, alguns passarinhos estavam em meus cabelos, ciscando sementes que haviam caído sobre mim.

Ainda deitada, viro-me lentamente de costas, levanto meus olhos, que azul maravilhoso! Acho que o sol não me fere mais.

Chegando a casa, sinto uma vontade enorme de trocar o hábito imundo e disforme pelo vestido. Ao colocá-lo, vejo como me transformo, pareço mais leve. Percebo, ao olhar-me no espelho, que meus cabelos, antes muito curtos, agora chegam até a cintura e parecem furta-cor, ora acobreados e ferozes, ora castanhos e aconchegantes, ora muito escuros e misteriosos.

Começo a me sentir estranha, tudo parece estar desmanchando-se à minha volta. Brumas anestesiantes estão penetrando a casa, não consigo ver mais nada. Imóvel, espero encontrá-la novamente. Acabo por sentir sua mão na minha e ouço sua voz dentro de mim: *Venha, é hora de sair. Você não deve ficar mais aqui. Vá!*

Já estou andando por várias horas e não consigo chegar a lugar nenhum. Quem sou eu agora?

Finalmente, alcancei com a vista uma aldeia no vale que se espraiava à minha frente. Já anoitecia, e eu precisava descer toda a encosta do morro. Fui meio que tropeçando, meio que escorregando todo o caminho e, ao encontrar a primeira casa, resolvi bater à porta. Era uma estalagem, e pedi à dona se poderia hospedar-me por aquela noite, em troca, eu lhe pagaria com meu trabalho no dia seguinte. Ela aceitou!

Passei a noite embrulhada em uns panos colocados embaixo da escada que dava acesso ao andar de cima. A senhora me explicou que não havia nenhum quarto vago e que ali ninguém me iria perturbar. Durante toda a noite ouvi muitos gemidos e pessoas chorando, não sabia o que estava acontecendo, mas fiquei assustada ao sentir tanto sofrimento à minha volta.

Logo cedo fui acordada pela dona da estalagem para que eu pudesse ajudá-la; havia uma peste na vila e sua casa havia sido transformada em hospital, logo o médico estaria ali para socorrer os casos mais graves. O local estava em quarentena e eu não teria como sair de lá por um bom tempo.

Os dias iam passando rapidamente, não havia tempo para se pensar no futuro. Eu e ela, agora como irmãs, estávamos sempre juntas atendendo aos moribundos, não havia muito a fazer para tratá-los, só abraçá-los e aconchegá-los à espera da morte. Dezenas de pessoas foram atendidas, o médico passava logo cedo pela manhã junto com o padre, avisavam-nos dos casos mais sérios, alguns recebiam a extrema-unção e nós duas ficávamos o resto do dia embalando os novos bebês de Deus. À noite, ela me explicara, ninguém morria, eles esperavam pelo nosso colo para se sentirem seguros e assim conseguirem prosseguir em suas jornadas.

Aos poucos a epidemia foi-se acabando, a quarentena cessou e nós duas pudemos ir às ruas. Mas, que estranho, só víamos crianças pela cidade! Algumas dezenas delas. As maiores tomando conta das menores, mas só víamos crianças! Só elas haviam sobrevivido à peste.

Concordei em ficar pela aldeia para ajudar a tomar conta dos menores. Foi uma época maravilhosa. Esqueci de mim, esqueci da minha história, divertia-me muito com os pequenos e adorava a companhia da minha irmã, nós duas nos chamávamos assim, "*irmana*". Não havia necessidade de um nome próprio, chamávamo-nos pelos olhos e pelo coração. No final do dia, quando passeávamos de mãos dadas, uma alimentava a outra com suas histórias e sentimentos desfrutados durante o dia. Era sempre doce sentir-se compreendida e acolhida. Ríamos muito dos nossos medos e brincávamos com nossos sonhos quando tínhamos receio do que o outro dia nos reservaria.

Mas nós sabíamos que algo deveria terminar. Eu começava a perceber que tinha de ir. Seu marido havia chegado de uma longa viagem, havia estado fora por vários meses e, claro, ela agora precisava ajustar-se à sua vida de casada.

Senti-me novamente sem lar, expulsa, impelida a outras buscas. Não quero ir! Para onde ir?

Nesta noite eu tive um sonho, vi um homem muito velho, com longas barbas a me olhar fixamente, seu jeito meio feroz, meio curioso me perguntava por que eu fugia tanto. Eu me aproximava com uma enorme faca para matá-lo, mas quando tentava enterrar a adaga em seu peito ela se transformava em uma rosa vermelha que chorava sangue. Percebia então que aquele homem era Armand, o abade, e, horrorizada, perguntava o que queria comigo depois de tanto tempo, e ele respondia: *Não conheço rosa que floresça assim, você não tem raízes, por isso a sua rosa chora.* Acordei sentindo-me mal, nunca mais pensara em encontrar aquele homem. Mas algo dentro de mim ficou sem lugar, sem sossego.

No outro dia, apressei em despedir-me de todos e voltei à minha estrada, a do Nenhum Caminho. Já estou habituando-me a ser de lugar nenhum, a não ter ninguém comigo, a não esperar encontrar o que se deseja, mas o que acontece por si mesmo.

Sinto-me exausta, não sei o que procuro para mim, não tenho sossego. A cada parada, quando penso: "É esse o lugar", "é essa a pessoa", sou obrigada a me retirar, a sair e continuar buscando... o quê?

Mas... o que é aquilo? Aproximo-me lentamente de um acampamento, consigo ver um aglomerado de carroções.

Já é noite e uma fogueira enorme ilumina o centro de uma roda onde homens e mulheres dançam e cantam. Ouço violões e pandeiros, estou encantada com a alegria e a vida que aquelas pessoas se permitem fruir. Meu coração parece que foge do meu peito e já está lá, no meio deles. Eu fico para trás, ainda tentando entender o que fazer com o corpo.

Parada, extasiada com as sensações que rodopiam em minha alma, sinto todo o meu corpo vibrando cheio de vida, cada pedacinho de mim relampeja ao vislumbrar a liberdade do vôo que nunca me permiti, as cores da vida, a vontade enorme de me soltar e ir para o fogo, para o mar, para as estrelas, quando eu inteira busco ser feliz.

As mulheres me vêm buscar, elas me rodeiam, me puxam para perto do acampamento, me tocam e me examinam. Riem satisfeitas em encontrar mais uma igual a elas e eu... fico aliviada em me sentir tão aceita. Vestem-me com suas saias coloridas e um corpete negro de veludo. Nos meus cabelos, algumas meninas colocam flores bem miúdas e fitas coloridas, tiram meus sapatos, enchem-me de pulseiras, até nos tornozelos, e me conduzem para o centro da roda. Silêncio.

Eu estou bem assustada, isso parece algum tipo de consagração. Elas me pedem para fechar os olhos, sentir a música e largar o corpo; ele vai dançar comigo. Aos primeiros acordes e palmas tudo parece muito lento e pesado, mas me vou soltando, energias estranhas brincam pelo meu corpo, a vida está chegando pelo chão aquecido em volta da fogueira.

À medida que a música penetra em mim, vou entreabrindo os olhos e agora percebo que não estou mais dançando sozinha. Um homem chegou sem eu perceber, pára no centro da roda e, aos poucos, como um animal farejando o que deseja, vai aproximando-se e afastando-se, a sua dança parece um encantamento para trazer o meu desejo.

Em nenhum momento parece querer me tocar, só me atrai com seu sorriso. Já estou exausta, estico a minha mão e toco na dele. À minha aceitação, ele puxa-me suavemente e, enlaçando-me pela cintura, põe-se a rodopiar comigo. No início são voltas abertas e lentas, como se ele me quisesse envolver com a música e a noite. Agora, à medida que eu estou perdendo o medo, consigo largar meu corpo, e ele passa a me apertar mais ao encontro do seu, girando com mais intensidade e brilho. Deixo-me soltar tão alto quanto o som dos pandeiros e dos violões. O canto e o entusiasmo entre nós vão explodindo em bolhas de amor, e todo o grupo começa a participar, dançando o dilúvio da vida sem amarras.

No final da noite, na tenda daquele homem, a minha rosa consegue encontrar suas raízes, ela já pode brotar, desabrochar, e eu sei que nunca mais ficarei sozinha e sem um lugar, pois ali todos são como eu.

Estou tentando habituar-me a esta nova família. É tudo tão estranho; nenhum deles dorme!

Durante o dia trabalham, normalmente caçando, cuidando das crianças, atendendo doentes que vêm procurá-los, pois essa comunidade à qual pertenço agora tem como prazer o cuidado com os doentes e excluídos. Outros ainda se dedicam à educação das crianças e ao treino delas na medicina natural que desenvolvem.

Não ficamos mais que duas, três semanas em cada local. Somente o tempo necessário às pessoas que nos procuram por auxílio. Logo levantamos acampamento e prosseguimos viagem, sempre durante as madrugadas.

E é então que tudo fica muito diferente. Poucos continuam sob a forma humana, somente os bebês, suas mães e os que conduzem as carroças, mesmo assim estes se revezam para que todos possam sentir a liberdade da outra forma. Alguns se transformam em pássaros: falcões, corujas e águias, que vão voando à frente da caravana; outros se transformam em linces, panteras, leopardos, para farejar caminhos mais seguros para passarmos; outros ainda viram serpentes, lagartos e crocodilos, que rastejam e esgueiram-se pelas rochas e fendas buscando energias especiais às novas curas que podem ser necessárias para dali a pouco.

Assusto-me muito ao perceber o que ocorre a cada noite, mas Raul explicou-me calmamente que, como a comunidade me havia aceito, então provavelmente eu logo encontraria a minha forma noturna – bicho do céu, bicho da terra – ou das profundezas.

Essa coisa toda me apavora. Raul consegue ser do céu e da terra, explicou-me que as profundezas estavam vetadas para muitos, pois eles poderiam não ter forças para voltar.

A terra puxa com muita paixão, contara ele, *quem é muito quente e jovem deve evitar descer demais! Somente os mais velhos e sábios podem ir tão abaixo e retornar a salvo. Contam que os que se atreveram a descer antes de amadurecerem na carne ficaram metade gente, metade serpente, e tiveram de ser sacrificados, pois não conseguiam ser felizes nem cá nem lá. Prímula, você vai descobrir. Não se assuste.*

Mas eu morro de medo a cada noite que os meus amigos vão saindo, escorregando para fora dos carroções e das tendas, olhando ao redor, contorcendo-se, uivando, guinchando, flamejando pelo azul cobalto dos céus e pelas matas encharcadas de magia. E eu me enrosco com os bebês e com as poucas mães que ficam por aqui, e espero ansiosamente o dia raiar.

Todas as tardes, antes de escurecer, Raul passeia comigo e tenta, a cada dia, diminuir o meu medo.

Não quero, não quero, eu vou me embora! Eu já estou cansada de tentar fazer-me entender, de tanto reagir, não consigo acostumar-me com tudo isso. Não sou mais do meu mundo, mas também não quero ser do deles.

Você é nossa, sim. Já estava escrito que você viria para nós. Deixe acontecer: Venha esta noite comigo!

Como?! Essa pergunta ribombeia dentro de mim.

Prímula, você não percebe como a sua vida é pobre, como você pode mais? Pode fazer mais, criar mais, ser mais? Acredite, transforme-se, descubra quem você é à noite!

Mas a cada dia me sinto mais recolhida, mais sozinha, tomo conta das crianças, ajudo a preparar as refeições, observo as danças à noite, mas não canto mais, muito menos danço. Tenho tonturas estranhas, sinto-me fraca e cambaleante. Ninguém me pergunta nada, ninguém se aproxima.

Parece que estou afundando, perdendo-me de mim, escorregando para algum lugar escuro, denso, úmido... Quero dormir... para sempre.

Fui acordada pela mulher mais velha do grupo. Nanã beijou minha testa, as palmas de minhas mãos, e falou docemente: *Conseguiu dormir, finalmente! Daqui algumas semanas será o seu batismo, Sibila.* Ela saiu de mansinho da tenda. Eu me levantei lentamente, estava tonta e não conseguia enxergar bem com tanta claridade. Do lado de fora, Raul parecia estar-me esperando. *Foi por isso que você tinha tanto medo, você era das profundezas; eu não pensei que você pudesse ir tão longe. Desculpe a minha impaciência...*

Eu não estava entendo nada do que me diziam. Não entendia Nanã falando do batismo, não entendia Raul me pedindo desculpas. Eu só conseguia sentir-me nauseada e meio torta, meus pés pesavam, o chão era duro demais, meus olhos ardiam. Que ressaca! De quê?

Raul então me contou que, ao anoitecer, durante as músicas cantadas pelas crianças, eu havia-me afastado do grupo.

Fui cambaleando até uma enorme pedra perto do riacho, lá subindo, levantei os braços para a Lua. Daquele momento em diante meu corpo começou a se desmanchar, contorcendo-se em direção aos meus pés, e acabei por me transformar em uma serpente verde e prateada. Mas, que horror, a cabeça continuou sendo de uma mulher! O grupo todo ficou preocupado com a minha meia metamorfose, mas Nanã explicou que, em alguns casos, nas primeiras vezes, a transformação pode não ser completa, principalmente sendo em um animal tão primitivo.

Eu ouvia tudo aquilo apavorada, e sem acreditar. *Impossível, eu tenho pavor de cobras!* Raul continuou a me explicar que, normalmente, nos transformamos naquilo que mais tememos, logo...

– Mas, eu não quero! – gritei desesperada.

Raul olhou sério para mim: *Você está com muito medo. Vá conversar com Nanã.* Deu as costas para mim. *Não conheço o que precisa ser feito, sou do ar e da terra, não conheço nada das profundezas, vá com Nanã.*

Não fui falar com ninguém, saí para caminhar um pouco. Que saudade da abadia, que saudade da segurança das rezas, das paredes, do certo e do errado. Que saudade do abade, com suas eternas exigências tão conhecidas! Eu acho que me perdi em outro mundo e não tenho mais como voltar.

Acabei encontrando-me com Nanã, ela estava colhendo algumas ervas, olhou muito séria para mim e disse: *Não é preciso sofrer tanto; a dor da transformação já é enorme. Você se sentirá melhor quando for inteira para a noite, não como mulher, mas como serpente, e nesse dia eu irei junto, não tenha medo. Eu guiarei você. Nós seremos uma só, verde e prata, assustadora e majestosa, entranha que fere e traga, que cura, regenera e pare, você e eu, entrelaçadas, mergulharemos até o coração da Terra.*

Sua voz era rouca, lenta e morna, puro fluir de amor, aquele que eu não conseguia para o meu coração tão vazio. Não sei o que aconteceu, mas o meu medo diminuiu, eu me senti embalada por sua voz e seus pensamentos.

Desde nosso encontro na mata, todas as noites Nanã me chama para ficar perto dela, junto ao fogo. Entoa, baixinho, para mim, murmúrios e memórias do coração da Terra, canções do Amor mais primordial, o som das ondas que embalam o fogo das nossas almas. Eu sempre deito a minha cabeça no seu colo e suspiro, cansada de resistir ao seu chamado. E sempre ela me aconchega com paciência e serenidade, esperando que o meu medo enfraqueça e que meu desejo se fortaleça para a liberdade planejada há tanto tempo.

Os dias passam e eu me sinto cada vez mais feliz junto a Raul. Somente à noite ele me abandona e vai voar como um falcão, outras vezes ele se despede com um rugido e se transforma num lince dourado, embrenhando-se nas matas. Que vontade de segui-lo. Nanã fica observando-me. *Não seguimos ninguém. Não prendemos ninguém. O caminho de cada um é ser diferente e livre. Não tente mudar a Natureza, você vai ferir-se. Não retarde o que está pronto. Não nos é permitido frear a Vida.*

Acabei por lhe perguntar se ela não iria transformar-se como os outros, pois já havia algumas noites que ela ficava presa a mim. Nanã me explicou que a próxima viagem que ela fizesse seria comigo, ela me esperaria querer, para que o nosso querer fosse tão intenso que rompesse qualquer medo que viesse a brotar.

Baixando os olhos ela sussurrou: *Apesar de me doer não poder ir; apesar de eu me sentir enfraquecida, eu espero por você... eu sempre esperei desde quando perdi a minha filha.*

A velha mulher suspirou pesadamente, secou uma lágrima com seus dedos calejados, olhou dentro de minha alma e disse: *Há coisas que você vai saber; tramas do destino que fazem da nossa vida uma só tecedura.* Nessa noite tive um sonho muito triste.

Havia uma jovem cigana que se comprometera a dar seu filho a um casal de idade, que nunca tinha podido ter crianças. Em troca, os ricos fazendeiros cederiam ao grupo suprimentos para que eles pudessem passar o inverno sem fome. Nesta época, toda a região passava por enorme estiagem, e havia falta de alimentos para todos.

Ao nascer a criança, uma menina, esta foi entregue à sua mãe adotiva. A velha, aflita em agradecer a Deus a incrível bênção, ofereceu a recém-nascida aos serviços da virgem Maria, prometendo-lhe a filha para os serviços religiosos.

Durante todo o sonho, Nanã aparecia no fundo pranteando a filha perdida, pois nunca mais fora capaz de engravidar e perdera a única herdeira da linhagem das Sibilas. Acabava com ela qualquer esperança para seu povo, pois sem a serpente da Lua, nenhum outro animal poderia sobreviver. Tentando salvar os seus da fome, lançara-os a outro tipo de morte, o extermínio.

Eu acordei muito triste, pesada, parecia ter percorrido estradas infinitas para poder estar ali. Exausta, pensei: *O que essa história tem a ver comigo?*

A cada momento me sentia mais próxima de Nanã. Seu sofrimento passou a ser o meu, suas alegrias e o amor que tinha pelo seu povo passaram a me contagiar. Sua ternura e sua ferocidade já eram parte de mim. Eu me sentia forte e ativa. Ria, conversava, trabalhava mais. Raul estava sempre comigo e eu me sentia muito apaixonada. Isso me enchia de vida e eu conseguia perceber cores, luzes e formas que antes estavam embotadas em minha alma.

Numa noite, enquanto as estrelas pulsavam de desejo pelo Universo, Nanã, com um comando de olhar, pediu para que Raul me levasse para dentro da mata. Eu estava muito estranha, fascinada por ela e ele ao mesmo tempo. Não conseguia raciocinar, nem escolher. Beijando-me longamente, acenou com a cabeça para a nossa mãe e me conduziu para fora do acampamento.

Eu me sentia embalada pelos odores e pela sensação de ser duas ao mesmo tempo, Nanã e eu. Raul me ofereceu um cálice dourado com alguma coisa, diferente do vinho que eu costumava tomar. Bebemos juntos todo o conteúdo. Lentamente ele foi despindo-me e massageando meu corpo com óleos aromáticos. Eu já não sabia mais o que estava acontecendo. Ouvi ao longe, muito distante, na minha consciência, o ruído de algum animal rastejante e muito pesado. Senti-me envolvida por um enorme corpo escamoso e braços humanos ao mesmo tempo, beijada por lábios e tragada pelos olhos de uma serpente.

Vi-me circundada por mil lenços que dançavam as cores de todos os ventos já sentidos. Passei a rodopiar em velocidade incrível, alcançando o redondo do mundo numa ciranda espetacular de sentimentos. Pelo meu espírito, um furacão de luzes ricocheteava em espirais, enquanto meu corpo, descolado de mim, parecia flutuar acima de tudo. Percebi minha vida, de uma distância enorme, muito ao longe, de onde nada mais tinha importância.

Perdi o medo. Perdi a dor. Ganhei Vida. Nanã, Raul e eu éramos um só. A Terra e eu éramos uma só. Havia prazer e dor, culpa e perdão, tristeza e alegria, ódio e amor, fim e início. Todos os sentimentos se contraíram numa grande explosão de êxtase e compreensão. Depois, silêncio absoluto. Morte de qualquer desejo, morte de qualquer movimento. Paz. (K.G.)

Este conto, eu reafirmo, é um movimento de reconstrução de identidade.

Iniciado num cenário medieval, o confronto entre mente e corpo é bem evidenciado na construção dos personagens, conduzidos pela estrutura patriarcal que domina a consciência coletiva.

Com suas normas e valores rigidamente codificados, esta consciência solar rejeita e reprime tudo o que lhe escape ao controle, renegando a verdade maior, que é o fato de que existimos em duas dimensões: a dimensão do concreto, construída com suas balizas, suas certezas e sua segurança, e a outra: a dimensão das imagens e dos sonhos, tão real quanto a primeira, mas tão mais assustadora, porque mais desconhecida. Por ela, só transitam com naturalidade os poetas, as crianças e os loucos, com a familiaridade de quem se prostra diante do mistério.

E, como todo valor rigidamente construído constela o seu oposto, a personagem central, ainda envolta em suas vestes costuradas pela tradição, adentra o reino da Natureza, e o resgate da identidade feminina passa a acontecer num cenário onírico, espaço cênico onde as dimensões se fundem e às vezes se confundem.

A partir desse momento, o enredo se encaminha para experiências lunares, em que o arquétipo da Grande Mãe se revela em suas múltiplas possibilidades, mas sempre generosas, acolhendo e iniciando no mistério da vida a personagem que ainda vacila e duvida de seu potencial criador. E a entrega é lenta e tortuosa, pois medo e resistência acompanham o desenrolar do processo.

Inicialmente apoiada em experiências coletivas de cuidados, a individuação só começa a acontecer a partir do encontro com o parceiro masculino, que a inicia em si mesma.

Transformar em histórias passagens da própria vida é um exercício que se pode tornar altamente curativo à medida que nos descobrimos como senhores de nossos enredos, escolhendo a maneira como desejamos continuar vivendo.

Criar uma história é muito diferente de escrever memórias ou uma biografia; não temos nenhum compromisso com o que se convencionou considerar a verdade, mas sim com os nossos sentimentos e o olhar que lançamos sobre eles.

Em decorrência desse procedimento, transformando pessoas em personagens, as histórias podem corrigir distorções, aliviar o coração e curar ferimentos.

A construção do conto nos envolve naquela trama das Mil e uma Noites, e vemos que, pela imaginação criadora, esta outra Sheherazade, condenada por uma sentença que recai sobre ela a partir de um destino coletivo, salva-se mais uma vez, construindo-se livre para se tornar quem realmente é.

Divagações

O real não está na saída, nem na chegada;
ele se dispõe para a gente é no meio da travessia.
(Guimarães Rosa, "Grande Sertão: Veredas")

De muito andar, voltei ao ponto de partida.

Percorrendo a trilha da condição humana, vou defrontando-me a cada passo, não com uma questão a ser analisada, mas com um mistério a ser reverenciado.

Não me preocupei, em nenhum momento, em seguir uma metodologia e desenvolver um raciocínio lógico para chegar a conclusões. Em seu ensaio sobre a criatividade, James Hillman, seguindo as idéias de Jung, considera que, "converter o mistério criativo num problema a ser discutido não é somente indecente, é impossível. [...] Analisar a criatividade significa desnudar a natureza do homem e a natureza da criação".

Seguindo com Jung e com Moreno, que reverenciam a sacralidade da existência, procurei considerar o ato criador como um impulso em busca de uma organização, tendo origem num universo, de onde provêm todas as experiências que façam parte da condição humana: o universo mítico.

Criar é uma necessidade da vida, ao lado da fome, da sexualidade, da atividade e da reflexão. Vem de uma fonte atemporal e indestrutível no terreno da natureza; raiz, terra, casa, útero, ou os oceanos em transformação que cingem o mundo. Não é, portanto, um dom especial, uma habilidade ou um talento ao qual apenas os gênios ou artistas tenham acesso.

O locus da criação é a alma humana, já o dizia Moreno, e todo o ato criador se reveste de uma substância. O filósofo Gaston Bachelard descobriu que a imaginação criadora escolhe e dá preferência a uma determinada substância para revestir-se. Portanto, entre escolher blocos de pedra, notas musicais, tintas, madeira, palavras, linhas e outros tantos materiais, existe toda uma gama de segredos. Essa consubstanciação expressa intimidades não reveladas, refúgios secretos, buscas nem sempre alcançadas, vidas nem sempre vividas, pois as imagens criadas são revelações de estados de ser.

Escrever, pintar, esculpir, bordar dão concretude e aconchego às imagens da alma, e, à medida que adquirem densidade através das mãos do criador, essas imagens conectam-se com as grandes imagens primordiais. Seguindo um processo natural, pulsam debaixo da pele, religando o homem às energias de um tempo mítico, forte, primordial. A declaração de Jung de que somos impelidos a sermos nós mesmos reforça a idéia de que a alma está sempre buscando a si mesma, e muito se compraz ao encontrar-se espelhada no mundo material.

Criar histórias sobre histórias que contam sobre nós é uma experiência que nos remete ao universo imaginal, e, como num bordado, identificamos sua dupla face.

Manifestando o mistério do ser, a face clara e luminosa se revela como a meta a ser conquistada, e um avesso nodoso, emaranhado e sombrio, como a prima matéria dos alquimistas. O avesso revela a face surrealista da questão bordada, o lado numinoso e denso, no qual a agulha condutora da criação penetra a trama do tecido, pano de fundo e palco, em que as personagens se aglutinam e o drama se anuncia.

E esse fura-perfura algumas vezes sangra, e o sangue se mistura à trama da vida, regando a terra onde germinam as sementes do ato criador de uma nova conduta.

A criação também abre janelas por onde entram recortes que se apresentam como obras-primas emolduradas. Entram passarinhos e borboletas, entra o gato que passeia no telhado, entra a chuva inesperada e o gosto salgado das marés de lua branca.

Pelas janelas das casas submarinas entram peixes e sereias, e, nas casas abandonadas, através das janelas vagueiam lembranças. Por todas elas, entra o olho do mundo que se instala na alma, mas, pela mesma janela, a alma escapa de seu casulo e se derrama na experiência imediata de se encontrar na vida.

Em cada cliente que se expressa, encontro meus retalhos, meus rascunhos; ajoelho-me diante do mistério e comungo no silêncio.

E nos amparamos sutilmente no meio desta travessia; neste confronto com o real, que se nos pode apresentar com a sinuosidade dos complexos ou a limpidez de um sonho, como o que segue:

"Flores e Sonhos"

Hoje levei flores aos mortos. Não as carreguei para casa. Na minha sala, quero orquídeas vivas, que dourem e iluminem de branco o meu olhar e perfumem a minha casa.

Atravessei, segurando a mão do Pedro, o enorme portão do cemitério, que me amedronta e paralisa. Como falar com os mortos que estão lá, se eles caminham todo o tempo comigo e assombram meus sonhos?

As primeiras flores foram para o túmulo maior, mais novo, uma braçada de flores do campo, brancas, amarelas, vermelhas, pequenas, grandes, frágeis e fortes... Muito verde junto. Chorei a dor guardada, dor de princesa desencantada, dor de mulher madura que voltou no tempo, andando atrás de fantasias e se perdeu no amor.

Na lápide, um pacote bem branco, feito algodão, pronto para ser sepultado, guardava meus sonhos. Ficaria lá ou voltaria comigo? Por mim, morreriam todos e me levariam também. Segui adiante... Os sonhos lá, quietos, esperando.

Para o papai, levei "brasileiras" brancas e perfumadas, como as de que ele gostava. Quando andamos pela última vez no meio delas, ele me disse: "Dada", penso que do lado de lá, quando eu for, deve ser como este brejo, cheio de 'brasileiras'...

Ele gostou de receber suas flores preferidas e me disse para eu parar com aquele choro embolado de saudade e culpa. A hora dele tinha sido a certa, e a mamãe que aprendesse com o tempo dela, com o seu fazer e com seu jeito de ser na vida. Ele bem que fez o que pôde, e eu também. Agora ela deveria aprender sozinha... Meu choro era doído, agora de gratidão e saudade mesmo.

Para o túmulo que guardava todas as outras perdas e separações, levei rosas "espuma-do-mar" e "príncipe-negro"... Brancas e vermelhas, perfumadas com o cheiro das noites frias e estreladas do mês de maio... Colhi as rosas no meu quintal, uma a uma. Tantas quanto os encontros e desencontros. Muita paixão, impulsividade, muito fazer sem pensar, sem medir as perdas e as dores. Medo de ficar sozinha...

Ficaram lá as rosas e os amores. As lembranças vieram comigo, mas e os sonhos ? Por mim ficavam lá.

A terapeuta me dizia que eles me pertenciam... Pedro insistia, ele achava que valia a pena pegá-los de volta...

Confesso que os peguei sem entusiasmo; foi mais para agradar ao meu amigo. Fiquei com eles na mão, meio sem jeito: eram sonhos novos ou caducos? E se fossem velhos e começassem com as manias antigas, sempre repetindo os pesadelos? Desconfiada eu não era, mas fui ficando, com o tempo. Depois de tanta coisa, perdi a graça de carregar sonho assim... assim... Carrego na mão ou no bolso?

Pedro me disse, com voz de menino sonhador, que lugar de sonho era no peito, junto do coração. Aí, por falta de rumo e de jeito, fui seguindo o meu amigo... o princípio foi esquisito, depois foram aquecendo-se; o peito e os sonhos..."

(M. Rosa)

De cada um conservo o quinhão que me cabe, e, à medida que me disponho a ser corda, ponte, alavanca que favoreça o grande salto, recebo declarações de ódio e amor, como esta que guardo em relicário:

À minha companheira, na medonha viagem ao interior de mim mesma.

Ao mesmo tempo, amo-te e te odeio. Odeio-te pelo que me roubaste; amo-te pelo que me deixas entrever. Odeio-te pelo caminho que me fazes percorrer, amo-te pela mão estendida. Assim, odeio-te pelas lágrimas que, tranqüila e serena, me fazes derramar, e amo-te no alívio do pós-pranto. Também te odeio quando me estilhaças a fachada, como te amo quando me ajudas a me livrar dos cacos.

Sim, eu quis ser gente, como uma vez me propuseste. Não pensava que pudesse doer tanto. Não sabia que sombras fantasmas me espreitavam e que tu, em tua estranha sabedoria, não deixarias que a elas me esquivasse. Mas não quero querer o que queres, só pelo teu querer. Quero o meu próprio; que seja meu e que tenha a minha cara. E mais uma vez eu te odiei.

Disseste-me, um dia, que por detrás da fachada, para bem além de todo o vazio, havia o encantamento e a poesia. E eu acreditei em ti. Asseguraste-me que era esse o caminho da alma; e eu quis que assim fosse. Prometeste-me acompanhar-me na jornada iniciática; e me reconfortei. Por tudo isso te quero bem.

Não, não me enganaste. Jamais me deixaste crer num caminhar livre de tropeços nem nunca me disseste que estaria livre de riscos no afundar-me em meus abismos. Mas também de ti não soube que, uma vez começado, era um caminho sem volta. E é assim, neste perene partir e nesse nunca chegar, que eu te amo e te odeio.

Dessa mesma cliente, mulher que aos 64 anos encara-se no espelho de si mesma, guardo esta filigrana que me foi entregue com os dizeres: "Acho que fiz um poema".

O meu quarto tem uma janela.
Ao lado dela cresce uma árvore.
Na árvore tem um ser alado.
Não sei se passarinho.

Ou eu

Ele entretece um ninho.
Eu entrelaço fios.
Do ninho nasce uma vida.
De mim, o que nascerá?

... Continuando no papel de fio condutor, algumas vezes penetro em emaranhados, dos quais só é possível sair pela participação incondicional na tessitura do processo.

Estar-com o cliente é a condição para se descer aos infernos e ressurgir dos mortos.

O texto que se segue é de uma cliente de 34 anos que, após ter pesado mais de 160 quilos, submeteu-se à cirurgia para redução do estômago.

Quando chegou ao meu consultório, era uma bela mulher com estatura acima da média, rosto clássico, olhos profundamente verdes e cabelos leves de menina. Vinha desencantada com um relacionamento amoroso.

Ela que durante a adolescência aprendera a encarar desafios, a erguer o queixo, a caminhar a pé trechos enormes, porque não passava na roleta do ônibus, buscara a força do cérebro para carregar corpo tão volumoso, tornando-se brilhantemente competente. Agora, com 80 quilos a menos, era a estrangeira que lutava para descobrir seu lugar numa pátria desconhecida...

Sugeri-lhe que escrevesse seus sentimentos, pois era difícil contatá-los e expressá-los, com aquele poderoso raciocínio no comando.

Transcrevo trechos esparsos do que ela chamou: "O Mapa de Mim":

Não falarei mais destes momentos como momentos de introspecção e mergulho, nem os tratarei mais como devaneios. Hoje, percebi o quanto passo horas, até quatro horas seguidas, nesse remeximento interno.

Nem mesmo tinha notado minha disposição para tanto; tratava esses momentos como horas de estar metida comigo e com todos os outros que se apresentavam no que eu escrevia. Acho que isso é um pouco mais; são horas de trabalho e de reconstrução de mim. Faltou o meu respeito por esses momentos.

Fazendo um meio plágio de Clarice Lispector, quero agora tentar desbravar um caminho que acredito ser meu. Desisto de apenas compreender, tentando agora captar o que existe, dando forma e cheiro ao que só a mim pertence.

Tudo começou quando chegou, em sensações, a não-verdade de uma vida. Como era distante o que eu desejava, do que acontecia!

Uma angústia que incomodava conduziu-me a um lugar desconhecido. Eu, que me achava rainha, descobri-me uma serva; sentia-me uma deusa e o espelho revelou uma barata. O susto foi gradativo, como em torturas chinesas, ou talvez tenha sido providencial, para que tal peso não partisse minha integridade. Sei que o que eu achava ser mistério era a pura realidade, e que eu estava vivendo a fantasia, de uma forma barata e pobre, achando que era a pura verdade pregada em um passado, achando que era o que eu tinha de melhor, um passado que já não me pertencia, um passado que, apesar de trilhado por mim, era de todos.

Descobri então um ódio pelo mundo e percebi que ele me odiava também, talvez sendo por isso que eu me resguardara tanto em me lançar nele. Eu era uma mulher prenhe de mim, que adiava o parto, prendendo-me em minhas entranhas a qualquer custo. Dar à luz seria perceber-me nas trevas, então, para fugir disso, inventei minha história. Acho que vem daí a sensação de viver em clandestinidade, de ser falsa em meu próprio território.

Só que, mesmo contida em ventre seguro, aquecendome no plasma e me alimentando de mundo, no fio condutor do cordão umbilical, eu cresci e nem percebi. Cresceram cabelos, senti cheiros, nasceram dentes, fui tocada e toquei, suguei sabores, escutei amores e senti horrores.

Arrebentei o ventre, forcei passagem, mas continuei no engano de uma doce viagem, sentindo-me vazia e procurando preencher o espaço bebendo, para depois comer e comer.

O raciocínio concreto era o que eu melhor fazia, e jurava que era minha mais pura magia, pois, enquanto meu corpo pesado ficava preso ao chão, minha alma queria alturas. Ledo engano, pois estava apenas me fechando mais dentro de mim mesma. Limitada pela ignorância, rígida pela angústia, meu mundo era um resumo mal-feito de mim.

Como Cristo, estava presa, só que não tinha cruz, tinha sim um corpo gordo e pesado que trazia sofrimento e dores similares. Cristo renasceu, transcendeu e deu sentido para o sofrimento; contou com o Deus que o habitava. Eu não dei conta do sublime, por isso estava presa. Não achava Deus porque me achava deus. Não o encontrava porque tinha a certeza falsa de ser ele. Ao invés de encontrar Deus, fiz como Fausto, fiz um pacto com o diabo. Fiz mais que Fausto, fiz um pacto com a resignação que me habitava.

Foi quando, nas curvas de minha descida, eis que surge uma mulher das lendas. Tecelã de vidas, portadora de segredos. Nem imagino quantas vidas ela ajudou a tecer, sei que tinha um doce aspecto ameno de equilíbrio e suavidade. Tento ler às vezes, nas marcas de seu rosto e em seu jeito, se, como em mim, também há sofrimento. Aprendi a olhá-la diferente de como olho o mundo. O mundo, eu olhava com arrogância, sempre vendo pessoas melhores ou muito piores do que eu. Não conseguia simplesmente olhar pessoas. Mas, com ela, era diferente, pois a percebia como sábia de uma vida vivida e experimentada no que oferecia. Não consegui ter inveja, e a raiva não tomou conta de mim, apesar de se apresentar por vezes. Não a sentia como companheira, mas como companhia; distingui-a como parte da minha descida. Fazia e não fazia parte de mim.

Falando por parábolas, ela oferece um leque de caminhos não percebidos. Por vezes, não compreendo o que diz, pois parece estonteante.

Recebo a primeira lição, a lição do respeito em estar sendo, mesmo sendo no sofrimento. Quando, com muito custo, apresento a ela a minha colcha de retalhos, ela a recebe com carinho. Ao contrário de mim, ela se ilumina com minha escuridão.

Recebo a segunda lição; a lição que o que me separa da vida não é um muro de concreto, mas sim uma seda fina e leve, que minha maior luta não é derrubar o muro de Berlim nem levantar a bandeira da terceira guerra, e sim me conceber no amor e no convívio com o mundo...

(V.R.)

... E assim essas divagações têm me conduzido. Para onde, até quando? Não sei. Imagino que até o quanto dure esta inquietação que me move e me comove.

Ser coadjuvante em todo processo de busca é experiência que justifica todos os desertos e todas as cicatrizes. Em cada pessoa que se entrega à caminhada, encontro um fragmento de mim, assim como cada uma, muitas vezes, encontra-se em mim.

Há uma partilha sutil que prescinde de palavras ou manifestações, pois que acontece no território da alma, onde somos co-movidos, tornando-nos duas partes de um mesmo símbolo. E cada um, a seu modo, torna-se o espelho em que me reflito e me encaro, nas minhas carências, na minha coragem: meu lado pequeno, criança, frágil ou destemido, mas de tanta beleza, que até dói.

Corintha Maciel
Psicóloga e Contadora de Histórias

Fontes de consulta

Decidida a não enveredar pelo discurso acadêmico, autorizei-me a não utilizar as referências bibliográficas convencionais.

Mas tive, como fios condutores nestas divagações, os autores:

Barthes, Roland. *Fragmentos de um Discurso Amoroso*, Editora Martins Fontes.

Bly, Robert. *João de Ferro*, Editora Campus, RJ.

Cavalcanti, Raissa. *O Casamento do Sol com a Lua*, Editora Cultrix, SP.

Estés, Clarissa Pinkola. *O Dom da História*, Editora Rocco, RJ.

Lorca, Federico Garcia. *Prosa Viva – Ideário Coligido*, Editora J. Aguilar, RJ.

Hillman, James. *A Força do Caráter*, Editora Objetiva, SP.

Hillman, J. e Ventura, M. *Cem anos de Psicoterapia...*, Summus Editorial, SP.

Hillman, J. *O Mito da Análise*, Editora Paz e Terra.

Hillman, Neumann, Stein, Vitale, Von der Heydt. *Pais e Mães*, Editora Símbolo, SP.

Hollis, James. *Sob a Sombra de Saturno*, Editora Paulus, SP.

____________. *Os Pantanais da Alma*, Editora Paulus, SP.

____________. *A Passagem do Meio*, Editora Paulus, SP.

KOLTUV, Bárbara Black. *O Livro de Lilith*, Editora Cultrix, SP.

____________. *A Tecelã*, Editora Cultrix, SP.

MENEGAZZO, Carlos M. *Magia, Mito e Psicodrama*, Editora Ágora, SP.

NEUMMAN, Erich. *História da Origem da Consciência*, Editora Cultrix, SP.

PEDRAZZA, Rafael L. *Ansiedade Cultural*, Editora Paulus, SP.

PRÉTART, Jane R. *Envelhecer*, Editora Paulus, SP.

SAMS, Jamie. *As Cartas do Caminho Sagrado*, Editora Rocco, SP.

SIMPKINSON, Charles e Anne (org.). *Histórias Sagradas*, Editora Rocco, RJ.

STEIN, Robert. *Incesto e Amor Humano*, Editora Símbolo, SP.

Além do livro: *Mitodrama, o Universo Mítico e seu poder de Cura*, de minha autoria, da editora Ágora, São Paulo, foram também importantes fontes de consulta as crônicas de Clarice Lispector, em *Para não Esquecer*, da Editora Círculo do Livro; Rubem Alves, em *As Cores do Crepúsculo*, da Editora Papirus; as reflexões de Lya Luft, em *Rio do Meio*, da Editora Mandarim; e o romance *O Jogo da Amarelinha*, de Julio Cortazar, da Editora Civilização Brasileira.

Índice

Impressão e acabamento
Gráfica e Editora Santuário
Em Sistema CTcP
Rua Pe. Claro Monteiro, 342
Fone 012 3104-2000 / Fax 012 3104-2036
12570-000 Aparecida-SP